Mentes desgarradas
Relatos sórdidos

Ani Palacios

PUKIYARI EDITORES
www.pukiyari.com

A la imaginación,

ese gran detonador

de todo lo creativo,

de todo lo transformador,

de todo lo placentero

Índice

Prólogo

La lectura de *Mentes desgarradas - Relatos sórdidos* (Ani Palacios, Pukiyari Editores, 2022) es una experiencia excitante, en el sentido amplio de la palabra. Incluso, no es casualidad que el conjunto de cuentos sume el cabalístico número trece, porque hasta con eso la autora pretende romper paradigmas, tabúes, mojigaterías, posturas conservadoras-evasoras y hasta miedos. En este caso el número 13 toma una connotación diferente al otorgado en el imaginario social: aquí implica una invitación a la aventura o al encuentro sorpresivo.

La temática del libro es variada y cada cuento es una obra literaria *per se*, no solo por lo muy bien estructurados y estilo definido, sino porque la autora crea y en su mayoría recrea escenarios que, si bien son producto de su imaginación, también pueden ser creíblemente reales. Y refracta la vida en su infinita variedad de matices y colores, aunque enfatiza en las sombras, el gris o negro de la conducta humana.

Admiro el celo de la autora respecto a sus lectores, y a mi juicio su excesiva responsabilidad de pretender advertirnos, desde el título del libro, que lo que hay dentro son "relatos sórdidos". Lo que queda suelto es la frase principal: "Mentes desgarradas". Y me queda la duda si se referirá a las mentes desgarradas, naufragadas o torvas de sus personajes, de la conciencia colectiva que permea su narrativa, del efecto probable en sus lectores o en la afiebrada imaginación de una escritora que exorciza sus fantasmas.

Solo la benignidad de la consagrada novelista y ahora cuentista Ani Palacios, justifica el adjetivo "sórdido" para sus relatos. No era necesario. Sórdidas son las noticias e historias que se leen cada día en múltiples periódicos y revistas. Y además el afán que tienen estos medios masivos para metalizar en su beneficio el morbo, la perversión, crueldad y saña de la humanidad, lo cual exponen impúdicamente, sin filtro, sin gracia, sin cuido, sin arte y se suman, así, a la sordidez que coexiste con una sociedad que disimula día a día su permanente expulsión del paraíso terrenal, por miserables.

Cada cuento es un microcosmos donde los personajes se definen por sus actos y eso libera a la autora de responsabilidad de describirlos, en tanto en cuanto sus personajes, protagonistas y titulares de cada cuento, son dueños de sus actos. Los relatos ¿sórdidos? no tratan del espíritu humano y mucho menos de la moral ni siquiera aspiran a ser inmorales. Son amorales, así, sin moral alguna. Y esto es un mérito, no un defecto. La moral es un discurso. Y cada persona, conglomerado, sector o intereses, le aplica el tono que le conviene. Y por eso la autora, que aspira a ser universal, no se encasilla, y se libera de cogobernar la conciencia de sus lectores.

El lector tiene en sus manos un libro cuya lectura puede convertirse tanto en una experiencia lúdica, como en una erótica, inquietante, exacerbada, novedosa, futurista, humillante, cibernética e incluso "sórdida", como nos han advertido, pero jamás, nunca, un libro aburrido y mucho menos insípido o sin presencia o personalidad. El libro exige ser leído y ofrece la aventura de descubrir si es sórdido o no.

Grego Pineda
Magister en Literatura Hispanoamericana de la PUCP, abogado y notario salvadoreño, exembajador de El Salvador en Perú y concurrente en Bolivia.

A treinta y tres centímetros del abismo

Yahaira Solís leyó el título del artículo y se rió. «¿Treinta y tres centímetros? ¿Cuánto es treinta y tres centímetros?», dijo buscando una regla en el cajón de su escritorio. Tomó el aparato y deslizó la mirada con curiosidad felina por encima de todas las marcas rojas, las pupilas creciendo en sus ojos verdes avellanados. Sentía el rubor subiéndole por las mejillas y aquella palpitación tan conocida entre sus piernas. «Diez... quince... veinte... treinta», contó y abrió la boca cuando la regla se le acabó sin llegar al treinta y tres. «¡Mi madre!», exclamó mirando el último tamaño. «¿Y a qué mujer le entra eso?», murmuró colocando el utensilio de medición sobre su falda.

Se disponía a realizar otras indagaciones acerca de aquel número mágico cuando su asistente, Karina, la interrumpió con un mensaje marcado 'urgente'. Regresó su mirada al computador. Se trataba de un texto corto, acompañado de un video, enviado a su cuenta secreta. No había escuchado de Karina en días. Apretó un botón en el remoto para cerrar con picaporte electrónico la puerta metálica de su despacho y con el mismo aparato apagó las cámaras con las que grababa a sus clientes, y con frecuencia también a sus jefes. Cuando se sintió absolutamente segura, fijó su vista en el correo de Karina. «Lo encontré», decía el simple mensaje. Yahaira se llevó el pulgar a la boca, pasó su lengua por encima de la uña esmaltada de rojo, como hacía siempre que se sentía nerviosa frente a lo inevitable, se acomodó en el asiento y le dio 'clic' al video. Era la voz de Karina, la cámara parecía estar debajo de una mesa, sostenida entre sus muslos, camuflada por una falda invernal y un abrigo de piel. Lo único que Yahaira podía ver era el pantalón gris oscuro del hombre con el que su asistente departía. *¿Sería realmente él?*, se preguntó la investigadora mientras trataba de hacerse una idea del lugar en donde estaría Karina. Por la manera de hablar, tan foránea para ella, concluyó que se trataría de alguno de los países nórdicos. *Bastante fuera de lo que pensamos*, se dijo. Solamente pudo sacar en claro las pocas palabras que su asistente intercaló en español dentro de la conversación: «tren», «cruz», «cisnes». Ella sabía que eran claves; pero, ¿de qué? El final abrupto del video mostraba el rostro de Karina, tal vez en un baño de restaurante, y ella tratando de decir algo que a Yahaira le sonó como «hels aquí».

Aquel sujeto había sido una espina, una mancha negra, en su impecable catálogo de casos cerrados. De vez en cuando, generalmente luego de una noche entre tequilas y sábanas de raso, se decía a sí misma que ya era hora de dejarlo ir, que acaso aquella deuda nunca sería saldada, que su nivel de competencia era intachable cuando se trataba de otros pero un reverendo caos de emociones insubordinadas al tratarse de lo que el padre de aquel hombre le hizo a su familia. Muerto el viejo Alcides Jiménez, el único que le quedaba para confrontar era su hijo, Enzo.

Ya era una década completa desde que el patriarca dejara los Estados Unidos para recluirse en las islas de Indonesia, saltando de un lugar a otro sin que Yahaira pudiese alcanzarlo. Para cuando por fin lo localizó, el hombre que le robó todo a su madre tenía su dirección permanente en un mausoleo funerario. No fue hasta unos años después que descubrió a Enzo, el único heredero de aquella bazofia de persona. Se había cambiado el apellido y vivía en Europa, pero a través de indagaciones estaba segura de que se trataba de él. Y esta vez estaba más cerca que nunca.

Se levantó de su asiento y buscó un vaso en el barcito que mantenía en su oficina. Se sirvió tres dedos con su bebida favorita, tequila azul reposado, y se lo tomó seco y volteado. Hizo un gesto al pasar deprisa el alcohol y se sirvió otra vez. *Te voy a encontrar, Enzo. Verás que esta vez no te puedes esconder de mí, hijo de puta, condenado cabrón,* dijo degustando el trago.

Con un tercer trago en mano regresó a su escritorio. Se disponía a entrecruzar las palabras en el mensaje críptico de Karina para intentar resolver la interrogante de aquella localidad lejana cuando timbró su móvil. Era ella. Suspiró aliviada al ver su cara en la pantalla.

—¿Dónde carajos estás? ¿Qué tipo de mensaje ridículo es aquel que me dejaste? —bromeó.

—Helsinki.

—Hels aquí, hels aquí… ¿Helsinki?

—*Kyllä.* Sí.

Karina y Yahaira rieron despercudidas. La tensión de meses de intensa actividad las abandonó por unos segundos. Luego el rostro de Yahaira se tornó serio.

—¿Con él conversabas el otro día?

—No. Él del video es un contacto de negocios. He puesto a uno de nuestros finlandeses de confianza en el caso. Le ha seguido la pista estas últimas horas.

—¿Y el contacto, no sospecha de ti?

Karina negó.

—Me di un 'encontronazo' con él en un café. Al verme desvalida y manchada con café derramado, se ofreció a comprarme otra taza y conversamos un rato.

Yahaira se rió.

—¿No te cansas de usar ese truco?

—¿Con mi cara y mi cuerpo? Para qué, si siempre funciona.

—Bueno, sí, para qué cambiar lo que da resultados —dijo Yahaira cayendo en cuenta de que ella también tenía sus maneras predilectas de conseguir información—. Cambiando de tema, tomo un vuelo esta misma noche. No le pierdas la pista a este hombre. Es lo único que tenemos.

—No te preocupes. Estamos cerca.

✷✷✷

Horas más tarde, Yahaira despertaba al otro lado del mundo. Karina la esperaba dentro de una limusina en el aeropuerto.

—¿Cómo sabes que esta persona nos llevará hasta Enzo Jiménez? —fue lo primero que Yahaira le dijo a su asistente apenas asomó su cabeza por la puerta del automóvil.

—Buenos días a ti también —contestó Karina, ofreciéndole una taza de café—. Mientras tú estabas sentada en un asiento en primera, yo me rajaba trabajando. Mira por ti misma. —Le colocó el archivo sobre la falda.

Yahaira tocó la carpeta. Cerró los ojos. Recordó los últimos años de su madre muriendo en indigencia, confesándole con amargura cómo Alcides Jiménez la había timado de su fortuna, vendiéndole falsas promesas, engatusándola con sus proezas amatorias, revelándole inversiones inverosímiles en países exóticos. Y ella, una viuda joven, una mujer rica, multimillonaria, pero poco práctica, aferrada a la idea del macho que sabe más, le dio primero un poco; y cuando él regresó con montañas de dinero, ella le dio más. Y cuando aquello le dio un rendimiento sorprendente, ella le entregó todo. La podía ver: echada en su cama en el hospital para menesterosos, las lágrimas tan gruesas que se detenían en sus mejillas surcadas por miles de rayas, sufriendo con dolores que solamente se podían calmar con dosis fuertes de morfina; y entre sus quejidos, el nombre de quien un día no regresó con más dinero y la dejó en la bancarrota.

Sintió a Karina cambiándose de asiento para acercarse. Abrió los ojos.

—Pensé que te quedaste dormida. Tus ojos están rojos.

—Recordaba a mamá —contestó y abrió el archivo. La foto del hombre que habían perseguido de continente en continente por fin se reveló. Era un hombre apuesto, varonil, un poco más joven de lo que ella esperaba. Leyó en silencio todas las páginas compiladas. Frente a ella se iba formando la realidad de la presa que anhelaba cazar—. 'Inversionista', como el padre... faltaba menos. ¿Lo veré hoy?

—Su empresa es legal.

—Formada con el dinero de mi madre, dinero robado.

—¿Estás segura de que quieres hacer esto? —preguntó Karina.

Yahaira la abrazó.

—¿He llegado hasta 'hels aquí' y quieres que me eche para atrás? ¡De ninguna manera! Si no tomo esta ruta, es posible que no tenga una segunda oportunidad.

Karina le presentó un boleto y una caja de color dorado.

—Tu invitación a una función privada de los inversionistas y un vestido.

Yahaira abrió la caja.

—Perfecto —dijo sonriendo.

❋❋❋

Esa noche, cuando Yahaira ingresó al *penthouse* de Enzo Jiménez, todas las miradas se clavaron en ella. El vestido, con un corte en V profundo en el anverso, y la espalda desnuda hasta el quiebre de su fabuloso trasero, se amoldaba ceñidamente a sus curvas y a sus circunferencias; y el color azul pizarra del traje le otorgaba una distinción y una elegancia difícil de eludir. Llevaba el cabello largo y oscuro suelto, estaba maquillada en tonos naturales y solamente traía puestas unas pocas joyas. Su contacto se adelantó a saludarla.

—Mi nombre es Jens Lanu. Tengo todo preparado —le dijo mientras la tomaba del brazo con galantería.

Yahaira sonrió delicadamente mientras esculcaba el salón con su mirada y realizaba anotaciones mentales acerca de lo que iba viendo. Cerca de la puerta que daba hacia un balcón divisó a Enzo Jiménez. Hubiese querido fulminarlo con sus grandes ojos verdes, lanzarle llamaradas que lo consumiesen en un dolor agonizante, como el que ella sufrió viendo a su madre desintegrarse, convirtiéndose en un despojo humano en esa cama maloliente, en ese hospital en donde la enviaron a morir.

—Jens, me presentarás al señor Jiménez y luego de las cortesías propias y las alabanzas mutuas buscarás la manera de dejarme a solas con él —dijo Yahaira mirando fijamente a Enzo, quien desde lejos le respondió con una sonrisa generosa y adelantó unos cuantos pasos para salirle al encuentro.

—*Kyllä* —respondió el finlandés ofreciéndole una copa de champaña.

Enzo se acercó.

—Jens Lanu: siempre con una mujer bella del brazo. Y esta vez, alguien que no conozco —dijo Enzo repasando los detalles contoneados de Yahaira con la mirada—. ¿Tiene un nombre?

Yahaira le ofreció el revés de su mano.

—Ya-hai-ra —susurró sensualmente.

Enzo se tomó su tiempo para besar con calidez la mano de Yahaira. Ella sintió aquel conocido cosquilleo en su cuerpo y luchó por disimularlo.

—Un nombre tan bello como su hermosa dueña.

Ella se pasó la mano por el cabello y continuó hacia sus curvas. Cuando estaba nerviosa le gustaba sentirse. Saberse presente a través de su físico la devolvía a la realidad, a su plan.

Enzo se acercó. Casi la tocaba desde donde estaba. Podía sentir su respiración entrecortada, los vellos de sus brazos erizándose, su voluptuosidad anhelante. Se tuvo que repetir mentalmente: *Es el hijo de Alcides Jiménez, es el hijo de Alcides Jiménez, es el puto hijo de Alcides Jiménez.*

—¿Bailamos? —le preguntó, y sin dejarle responder, la tomó de la mano, la llevó hacia la íntima pista de baile.

La orquesta tocaba música de salón. Enzo se colocó frente a ella. Lentamente, y sin desviar la mirada, bajó sus manos hasta las suyas y entrelazó sus dedos, luego envolvió su cintura con las manos enlazadas y acarició su cuello con el mentón. Yahaira cerró los ojos, vio a su madre muriendo, buscó el odio en su pecho e inició a moverse siguiendo los acordes del vals y los pasos de él.

✳✳✳

—¿Estás satisfecha? —pregunto él saliendo de la ducha. Yahaira lo observó mientras se secaba con la toalla y, dejándola sobre el lavatorio, regresaba a la habitación completamente desnudo.

—Todavía no —contestó Yahaira.

—¿A pesar de haber comprobado que el mito de los 33 centímetros no es un mito?

Yahaira lo miró. Aquel juguete gigantesco con el que había pasado la noche empezaba a erguirse frente a ella.

—A pesar de todo… Aparte que el tuyo no es ni hablar de ese tamaño…

—¿Quieres que saque la regla?

—No hombre, te conté eso por hacer conversación… nada más… sería demasiado de todos modos…

Enzo se subió el calzoncillo con lentitud. Yahaira estaba acostumbrada a aquella danza pero no pudo evitar que el apetito se le despertara nuevamente mientras seguía sus movimientos sin perderse un detalle. Él le devolvió la mirada con una sonrisa; luego, escogió una camisa.

—Que buenos músculos, ¿no? —dijo Enzo pasando su mano de hombre por encima de sus pectorales.

—Sí… —contestó Yahaira recordando la noche anterior. Sabía que si no lo odiara tanto, repetiría con él una y otra vez.

—Bueno, tenemos algo en común… —dijo comenzando a abotonarse la camisa mientras la seducía con la mirada.

—¿Los músculos? —preguntó Yahaira un poco confundida.

—Mi padre —contestó Enzo.

—¿Tu padre? —respondió Yahaira sintiendo que estaba por revelarse su secreto.

—¿Acaso no sabes que mi padre no se robó todo lo que tenía tu madre, sino que más bien dejó algo con ella? —preguntó Enzo mientras terminaba de acomodarse los gemelos de oro en su camisa.

Yahaira se sentó sobre la cama, se acomodó la sábana de color carmesí sobre su cuerpo desnudo, lo miró inquieta. Se supo descubierta.

—¿Qué? ¿Qué fue lo que dejó esa bestia? —sollozó.

Enzo se miró al espejo y sonrió. Volteó. Se acercó a ella y apoyándose en la cama, le susurró al oído:

—A ti.

Bordes desgarrados

Veo una raya inmensa que cruza mi muslo de norte a sur. No es un rasguño, es una herida nueva, abierta, descarada, pulsante. Me mira y la miro, desde arriba parece una fotografía aérea de Miami, excepto que en mi caso el mar es roji-morado y la arena verdi-marrón. No la recuerdo. Vive en mí, pero el momento de su concepción me evade. Sentada al borde de la tina la inspecciono con mi dedo. Muevo mi índice sobre sus bordes desgarrados, siento las irregularidades que como pequeñas mesetas se han formado en la piel expuesta, veo la sangre coagulada emergiendo por sus cantos, calmando la llaga con un manto protector, es una lesión extensa pero el dolor palpitante me parece menor que las preguntas agolpadas como cuchillas punzocortantes en mi mente.

Siento de pronto el abrir y cerrar de puertas, el correr de tacones por un pasadizo que parece inmenso, las palabras amenazantes, el dolor de una voz ronca que me traspasa de miedo mientras pisotea mi espíritu. Como una noche ebria de lunas amarillentas las imágenes llegan hasta mí. Me inunda el terror de saber.

Recortes de vivencias que no deberían existir en la mente de nadie me anegan de adrenalina.

Me levanto y busco algo para vestirme. No veo nada. Ni siquiera una toalla. Estoy desnuda en un baño y no tengo ropa. No importa el porqué de la situación, lo único que me interesa es que ese monstruo no llegue hasta mí, que no me encuentre. Tiro de la cortina de baño y ella cae sobre mis hombros como una capa de plástico antiguo y mohoso. No me importa. Es mi oportunidad de encontrar una salida.

El hombre y la mujer han subido al segundo piso y ahora corren por el único pasillo que me separa de ellos. Esa pared es ligera, *triplay* y pintura, casi como un velo que se puede romper de una patada. Me veo desprotegida ante la aceleración de eventos. Las carreras entre ese hombre y la mujer que chilla al otro lado de la pared se han vuelto más duras. Ella trata de buscar la manera de mantenerse viva; no sabe que él también busca la manera de mantenerla viva, cautiva, como me ha tenido a mí. Quisiera rescatarla, pero sé que la única manera es rescatarme a mí primero.

La intuición me dice que ese lado de la casa tiene un ducto de aire que va al ático. Jalo el tubo que sostenía a la cortina de baño y me sirvo de él para empezar a pegarle a la pared que está detrás del retrete. Trato de no hacer bulla. No quiero que él recuerde que yo estoy aquí, que aquí me dejó luego de maltratarme a su gusto horas antes. No entiendo de dónde salió la chica. ¿Es que él se cansó de mí y fue a buscar otra?

Logro hacerle un hueco a la pared. Los escucho peleando a la puerta del baño. Un sólo movimiento efectivo, que él la empuje a ella sobre la puerta, y mi única defensa se caería por completo. El pánico toma control de mi cuerpo y con fuerza sobrehumana tiro de los paneles de yeso hasta hacer un agujero por el que puedo pasar.

Mientras me alejo con dirección al rincón más lejano de esa cárcel, las instantáneas de lo vivido caen a mis pies disparándose por todos lados. Mis padres en la frontera, lágrimas en los ojos, despidiéndose de su única hija después de haber cruzado a pie todo Centro América, después de evadir los peligros de la noche y los riesgos del día, después de prometerme que todo saldría bien, que juntos dejamos nuestro hogar y juntos entraríamos a la tierra de las oportunidades... después de todo eso, me tienen que dejar a las puertas del Cielo. Sólo me pueden llevar a mí, no hay más cupo en el camión, les dicen los hombres que ofrecen ayudarnos. Regresarían por ellos en el siguiente viaje, les prometen. Estúpidos ignorantes fuimos al haber pensado que alguien ofrecería su asistencia a cambio de nada. Pienso en mi madre y en mi padre esperando en esa soledad del desierto el viaje que nunca se haría, mirando al infinito por esos hombres que no regresarían, oteando pacientes a cada sonido mientras la arena les pega por todo el cuerpo, recordándoles con cada golpe que aquella es la muerte lenta de la esperanza. Me veo sonriente el primer trecho de ese camino que empezó hace poco hace mucho, me creo todo lo que esos hombres me dicen. No sospecho de nada porque los inocentes no sabemos desconfiar. ¡Cuánto se ha avejentado mi espíritu desde ese entonces! Hasta ese día nunca conocí la definición de la palabra traición. Y me llevaron en su camioneta, el aire acondicionado hacía revolotear mis cabellos y la música al salir del desierto me pintaba una sonrisa.

Todo era alegría ahí adentro. La comida sabía a gloria y los gringos eran gringos, y eso era suficiente para mí. Qué poco sabía del mundo, no entendía que todo tiene un valor en la frontera, que nada es gratis cuando quieres algo con todo tu corazón, que la belleza y la juventud tienen valor comercial, y que esta tierra en la que me adentraba cada vez más me engulliría como si mi vida no fuera nada.

Trastabillo y caigo. Al levantar la vista mi espíritu ve una señal divina. Encuentro una ventana al fondo, casi no se le ve porque hay muchos trastes frente a ella y no estoy segura si podré salir por allí, pero tengo que intentarlo. Con todo lo que tengo de fuerzas busco cómo empezar a mover cosas y hacerme camino hasta la única salida que le veo a esta prisión.

Estoy sudando por el plástico que me cubre y el dolor de la herida se ha despertado, hilos de sangre hormiguean al bajar por mis piernas y el dolor grita que ya no puede más; pero no me importa, tengo que concentrarme en huir.

Poco a poco muevo todo para un costado, puedo ver por una rendija del ático que da al ventilador del baño que mi carcelero y su nueva víctima luchan allá abajo. Ella, extendida sobre la mayólica desteñida del cuarto, le trata de pegar pero a lo más logra rasguñarlo en el rostro; él, casi sentado sobre ella, va dejando que el peso haga su trabajo mientras se deleita en saber que ya la tiene, que es suya. Hasta ahora no sabe que a sólo unos metros de él su jilguero trata de escapar.

Yo no le puse tanta pelea como esa pobre chica. Me di cuenta desde el principio que no tenía cómo ganarle. Una vez que empezamos a manejar hacia el norte la actitud de esos hombres cambió. Fueron cosas pequeñas al principio. No me daban mis tres comidas, por ejemplo, o no me dejaban bajar en las tiendas de las gasolineras para ir al baño. Yo pensaba que tal vez estaban cansados del viaje y que ya se les pasaría. Un día dejaron a todos los que iban en la camioneta y quedé solamente yo con los dos gringos. Esa noche me forzaron a acostarme con ellos a cambio de cama y comida, y ahí fue que empecé a darme cuenta de que para ellos yo era un objeto para uso sexual, que esa era la verdadera razón por la que ofrecieron cruzarme en la frontera. Pero a pesar de que me comporté como querían, nunca imaginé que quedaría atrapada con ellos para siempre.

El plan era que una vez llegásemos al pueblo a donde me llevaban, porque tenía un tío ahí, ellos descansarían una noche y al día siguiente emprenderían el viaje al sur, a recoger a mis padres en el lugar donde nos despedimos. ¡La cara de mi tata y de mi mamá cuando los gringos les dijeron que no les cobrarían! Era como si de la arena hubieran aparecido unos ángeles y nos hubiesen rescatado de nuestra miseria, porque en verdad que veníamos conversando lo difícil que sería cruzar sin tener un coyote de guía, y es que el dinero se nos había acabado muchísimos kilómetros antes.

Ya casi termino con la monumental obra de llegar hasta la ventana del ático. Se me acaba el tiempo, la chica ha sucumbido a la fuerza mayúscula del apresador, su cuerpo desvanecido dentro de la tina empieza a despertar con el agua fría. Sus ojos se abren al verlo a él acercándose. Mi corazón late con fuerza. Es cuestión de segundos antes de que note que no estoy en la habitación en donde me dejó horas antes.

Tomo un pedazo de madera yerta en el piso. Es el momento de romper ese vidrio y ver si me puedo escapar por ahí. ¿Cuánto tiempo ha pasado desde que llegué a este lugar? Veo un manto blanco que cubre todas las casas y los jardines de las propiedades. Desconozco lo que es, ¿tal vez nieve? Deben ser meses entonces, meses de esperar que alguno de los hombres que llegan a la casa me rescatase, meses de vivir como la propiedad de alguien, meses de desaliento, de dolor, de cautiverio.

Afuera empieza una tormenta de copos blancos. El sonido del vidrio al quebrarse es acallado por el rugir del viento. Estoy a salvo por ahora. Me asomo y mido la distancia: es una caída de dos pisos, pero estoy segura de poder lograrla. Tomo un mantel para sacar las esquirlas de vidrio del marco de la ventana. Cuando todo está listo, me amarro la capa de plástico, trepo hasta el hueco de la ventana y siento la pegada del frío con toda su fuerza. Estoy desnuda y sin zapatos, me podría hacer daño al caer o él me podría encontrar escapando y traerme de regreso a la casa, pero tengo que hacerlo.

Elevo una oración a Nuestra Señora de los Ángeles y me aviento. Lo que suceda ahora está en manos de Dios y la virgencita. Me veo caer en cámara lenta. Escucho el viento aullando a mi alrededor y siento miles de agujetas heladas golpeándome mientras recorro los metros que separan el ático del primer piso. La nieve amortigua el golpe. Estoy de una pieza, aunque de inmediato siento el hielo quemando mi piel desnuda. Todo es blanco. Todo: el cielo, el suelo, los árboles, las casas… nunca he visto tanto blanco en mi vida. Es posible que ese blanco que ahora quema todo mi cuerpo con su frío extremo me ayude a encubrir mi partida.

Me pongo de pie y volteó a mirar por última vez la casa en donde mi vida en Estados Unidos comenzó. El lugar en donde mi inocencia falleció. No tiene nada de particular, excepto el balcón falso por donde caen falsas flores decorativas de color púrpura. No importa, no pienso regresar. Ajusto el plástico lo más posible y tiritando de espanto corro y corro por donde he visto ir y venir automóviles hasta encontrar una calle con otras casas y otras personas, una avenida por donde regresar a la vida.

Me hallo libre por primera vez en tanto tiempo. El aire gélido me parece glorioso y ya no siento el dolor de caminar descalza y desnuda en estas bajas temperaturas. Él no sabe que me he ido y es posible que al estar ocupado con la otra chica no tenga tiempo de salir a buscarme. La otra chica… me siento culpable de dejarla a lidiar con ese monstruo, de que tome mi lugar en esas largas sesiones de abuso sexual y prostitución. Odio saber que su cuerpo se vestirá de lencería pero su alma se llenará de llagas difíciles de sanar… me aborrezco por dejarla sola en esa pesadilla, pero no sé qué puedo hacer… si voy a la policía lo único que les importaría sería deportarme por ilegal… aunque eso tal vez no es tan mala idea… lo único que quiero es buscar mi manera de salir de este lugar, llegar al sur, encontrar a mi tata y a mi mamá…

Camino ligera sobre la vereda, mis piernas hundiéndose en la nieve hasta casi mis rodillas sin que yo me percate de nada, sé que avanzo hacia mi libertad perpetua y eso es lo único que me interesa. No así a los vecinos que observan desde sus cómodas salas con chimenea y calefacción a una jovencita loca, de pelo largo y negro y cuerpo curvilíneo caminando en la nieve con la única protección de una cortina de baño de plástico.

Nadie sale a ofrecerme ropa o entrar a su casa para calentarme. A nadie le interesa entender por qué estoy ahí, desnuda en la nieve. Nadie corre a rescatarme. Lo que todos quieren es que me vaya y no perturbe sus perfectas vidas con mis problemas. Así que alguien llama a la policía y pronto una patrulla y una ambulancia aparecen en el idílico escenario de un barrio americano igualito a los que aparecen en las películas. Algunos vecinos se han puesto sus casacas, y sus gorras, y sus guantes, y han salido a chismear con su taza de café en mano. Trato de evitar a los que toman video con sus teléfonos, pero es imposible, pronto él sabrá que me he escapado.

Los oficiales me hacen preguntas mientras los paramédicos me cubren con mantas para calentarme y me colocan en la mano una línea para el suero. Trato de mantenerme callada, de no responder mucho, mientras menos sepan, menos investigarán. Por último, que me curen las heridas y las quemaduras, me den algo de vestir y de comer, y me pongan en un camión de regreso al sur. Eso sería lo mejor que me podría suceder en mi vida. Que me deporten, yo feliz de largarme de este infierno.

Pasan los minutos y continuamos ahí. Me empiezo a desesperar. Si él se da cuenta me podría encontrar a sólo unas cuadras de su casa. Podría contarles un cuento; decirles, por ejemplo, que estoy con él, que soy la hija de su prima que está de vacaciones en la ciudad, y llevarme de regreso sin siquiera armar un escándalo. Y yo sería nuevamente de él y de sus abominables clientes para hacer conmigo lo que quisieran. Tengo que salir de ahí y ya. Empiezo a llorar descontroladamente. A chillar en español. Es algo que no esperaban y reaccionan tal y como yo quiero: me dicen que me van a llevar al hospital en la ambulancia y que los oficiales continuarán su interrogatorio luego de que me den de alta. Por fin me suben, cierran las puertas y partimos. Me siento a salvo. Pronto me podré escabullir de la sala de emergencias y nadie volverá a saber de mí en ese lugar.

Tal y como planeé, me cosen la herida, me dan medicinas para el dolor y la infección, me ofrecen ropa de invierno para vestirme y me dan de alta. Estoy feliz mientras camino los pasadizos que llevan de la sala de emergencias hacia la salida de atrás del hospital. Me siento delirante de alegría de pensar que en unos días podré estar de regreso con mi tata y mi mamá. ¡Cuánto deseo ver sus rostros, abrazarlos, contarles lo que me ha sucedido, llorar en sus hombros! Este país no es para nosotros. Prefiero mil veces vivir en pobreza que en esclavitud. Me acerco a la salida. Mi corazón se acelera, da piruetas, bailotea. Me toca solamente cruzar el estacionamiento y llegaré a una estación de tren y de ahí a buscar un autobús que me lleve al sur. No sé exacto en dónde estoy, pero sí sé a dónde quiero ir: al sur, siempre al sur, lo más lejos de aquí, lo más pronto posible.

Está nevando con más fuerza que cuando salté desde la ventana. Un escalofrío me recorre el cuerpo apenas abro la puerta. La nieve me empieza a cubrir el cabello. Me detengo para colocarme los guantes y el gorro que las enfermeras que me trataron me regalaron. En ese momento me doy cuenta de que hay otras dos personas sentadas en unos muros cerca a la salida, pasando el pequeño toldo que cubre la puerta. Avanzo un paso y uno de ellos se da la vuelta, me mira y se sonríe. Es él, viste un uniforme de policía, en su placa alcanzo a distinguir la palabra *Sheriff*.

—¿No habrás pensado en largarte sin despedirte? —me dice colocando su cuerpo frente a mí. Mi corazón se detiene. Me siento confundida. Leo de nuevo: *Sheriff*... ¿Él es el comisario?

Intento moverme para un costado, busco un espacio por donde salir corriendo. Si voy rápido tal vez todavía pueda huir.

En ese instante la otra persona se levanta, se planta frente a mí y me observa. En su mirada veo sadismo.

—¿Vos? —le digo deteniéndome, mi piel crispándose de terror. Es la chica que hasta ese momento pensé que dejé víctima de aquel hombre. En su uniforme leo la placa: *Deputy Sheriff*.

Jeremiah Twingle y la soledad asesina

De pequeña le tenía miedo a casi todo. El crujir de los tablones de madera en la noche. Los tumultuosos ecos de fiestas pasadas y de velorios que quedaron impregnadas en las paredes del salón de visitas de nuestra casa. El sonido de disparos a lo lejos. La idea de quedar huérfana. Pisar fuera del cuadrado en las mayólicas relucientes de los pasillos del colegio de monjas en donde dejé doce años de mi vida. La gordura. Nunca crecer lo suficiente y que mi padre cumpla con su promesa de venderme al circo por retaca. La luz de la luna reposando fuera del espacio enmarcado por la puerta del ropero entreabierto. Mi abuela saludándome con un «Pero qué gorda estás». Los camiones rojos.

Años después un psiquiatra catalogó todos aquellos temores como infantiles y supersticiosos; y triunfante me declaró "curada".

Viví curada por décadas. Venciendo miedos al enfrentarlos. El miedo a los perros lo conquisté comprando el más grande que encontré en la tienda de mascotas. El miedo a las películas de terror, viendo tantas como pude; hasta que me volví adicta. El miedo a la vida, viviéndola. Pensé que ningún miedo jamás me doblegaría. Jamás, hasta el día en que un mensaje corto apareció en mi Skype: «Me han destacado en Irak. Me siento solo. ¿Me ofrecerías compañía en estas noches largas?». *Qué raro éste,* pensé, *buscando compañía de extraños.*

Era ya pasada la medianoche y yo estaba desvelada. Entré al Skype para ver el perfil del misterioso tipo que dizque quería ser mi amigo.

Era un soldado raso, un *private*. Venía de Iowa. Su nombre era Jeremiah Twingle, nombre de mosca muerta se me ocurrió cuando lo leí. Su rostro en la foto de pantalla mostraba una tez pálida, unos ojos sin emoción, una boca de labios gruesos, una nariz pequeña. Tenía cara de susto, como si hubiese dejado de respirar el día que se colocó el uniforme por primera vez y le tomaron aquella foto.

Pensé en la guerra, en lo joven que se le veía a aquel muchacho. Me lo imaginé sintiendo miedo, horror en todo su cuerpo, y el mío se encrespó.

Como si él adivinase que yo estaba ahí, otro mensaje apareció en la pantalla: «Tengo miedo de morir sin nunca haber amado», escribió. «Yo también», suspiré al aire solitario.

Pero hablar con extraños no era lo mío. Apagué el computador y me fui a dormir.

Esa noche soñé con Jeremiah Twingle, su pálida faz sobrecogida por el calor del desierto, sus manos aferradas al rifle, su corazón latiendo desbocado al darse cuenta de que su patrulla ha caído en una emboscada. Y él, muriendo sin haber amado.

Desperté sofocada, con un gusto a arena en mi boca. Desperté gritando su nombre: «JEREMIAH».

Corrí al computador con lágrimas en los ojos. Entré al Skype, busqué a Jeremiah, le envié un mensaje, un insípido «Hola...». Me quedé mirando la pantalla, sintiendo miedo por primera vez en mucho tiempo.

A los pocos minutos recibí un mensaje de él y me sentí respirar. Mi sueño premonitorio no se había hecho realidad.

«Me alegra que te hayas apiadado de mí», escribió Jeremiah.

Pensé que "apiadado" era una palabra un poco dramática pero luego imaginé lo solo que debía sentirse, con la muerte respirándole sus gélidos aires, baboseándose de gusto ante cada descuido, ante la cercanía de su destino final.

«Todo por nuestros soldados», contesté y regresé a la cama. Solamente necesitaba saber que Jeremiah estaba bien para limpiar mi conciencia. Sonreí por lo tonta que fui por tener tanto miedo debido a un sueño tétrico; y sin otro pensamiento, me quedé dormida.

Cuando regresé al computador al día siguiente Jeremiah me esperaba con una veintena de mensajes: «¿Dónde estás?». «Te quiero hablar». «No me dejes solo». «Está oscuro aquí». «No quiero morir». «No quiero morir solo». «No quiero morir sin haber amado».

No quise contestar. Lo sentía demasiado necesitado.

Al mediodía ingresé de nuevo al Skype para hacer una llamada de negocios. Al pasar la entrada me horroricé al encontrarme con todavía más mensajes de Jeremiah. Su insistencia me empezaba a fastidiar.

Al cabo de unos días eran tantos los mensajes de Jeremiah Twingle y los había leído tantas veces que sus miedos empezaron a habitar en mi mente. Decidí cancelar mi cuenta de Skype, desaparecer de la vida de Jeremiah, sus últimos mensajes me dejaron con la sensación de que él me espiaba, que me buscaba por el Internet, que sabía todo acerca de mí.

A la semana sin saber de Jeremiah pensé que ya la tormenta estaba calma y abrí una nueva cuenta en Skype. De inmediato un mensaje de él apareció en la pantalla: «Perra, ¿por qué me dejaste solo?». Lo siguió otro: «Moriré y será tu culpa». Esta vez le contesté: «Déjame en paz». Él replicó al segundo: «Nunca. Adonde quiera que vayas, yo estaré». Me estremecí, pero sabía que aquello no era posible. «Cancelaré todas mis cuentas. Me cambiaré de nombre», contesté. Temblaba. Todos los miedos del pasado dejaron de estar inhabilitados, borrados, eliminados por la fuerza de voluntad que rigurosamente me impuse. Todos regresaron en un torrente de tenebrosidad. «No», susurró una voz en la oscuridad. Me quise convencer de que aquello me lo imaginaba, que eran las voces de fiestas y velorios impregnadas en las paredes arcaicas de la sala de visitas de casa. «No es verdad, no es verdad, no es verdad», repetí con los ojos cerrados, buscando razón a mis miedos; aquella confabulación de terrores infantiles no ganaría, me prometí. Mis pupilas bailaban debajo de los párpados trepidantes, el sudor embargaba mi cuerpo haciéndolo sentir arcadas. El sonido musical del teléfono cibernético empezó a sonar. Abrí los ojos. «¿Qué?», pregunté. «Que no», contestó la voz más fuerte, más cerca. El teléfono timbraba aquella musiquilla como de carrusel circense que tanto me gustaba. La pantalla se llenó de mensajes. «¿Jeremiah?», pregunté a la voz, sin saber de dónde venía. Nada. De pronto, silencio sepulcral. Me agarré de la silla, los ojos fijos en la pantalla, el corazón desbocado, el aire que no entraba en los pulmones, la mente girando y girando dentro de mi cabeza. Sentí un dolor subiendo por mi brazo izquierdo, las pupilas dilatadas, el sudor frío bajando por mi frente, el aire gélido de la muerte resoplando sobre mi cuerpo, deseándome para sí, forzándome a entregarme a ella. Y entonces lo vi, de pie, mirándome excitado, su tez pálida ahora sonrojada por el calor de sus intenciones. Me extendió una mano, sangre corría por todo su cuerpo, arena fina llovía sobre el mío, un olor a carne quemada entintaba la habitación y el eco de las fiestas y velorios me llamaba desde lejos. Antes de cerrar los ojos para siempre escuché una voz diciéndome: «No morirás sola. Yo siempre te acompañaré».

Receta para una ilusa

Tengo una amiga que se cree todo lo que sale en Internet. Y no sólo se lo cree, ¡lo comparte!, que es incluso peor. Prefiero pensar que no lee lo que reenvía a concluir que mi amiga es una boba. Pero es que hay que ser caído del palto (o del árbol de aguacate, para mis amistades mexicanas) para no entender que un gran porcentaje de lo que circula en línea es *bambeado*, escrito maliciosamente por alguien que disfruta tergiversando un pedacito de verdad y lanzándolo en ese pozo sin fondo ni reembolsos que es el ciberespacio, para luego gozar al ver su obra crecer y crecer gracias al ágil tecleado de ilusos como Rox.

«La ONG Banqueros Sin Fronteras lanza una campaña de solidaridad con los desahuciados. Sorteará una tienda de campaña cada mes. Se entregará al agraciado junto con su orden de desahucio».

Ella feliz. La ingenuidad y la falta de materia gris son primas hermanas.

«37 muertos por sobredosis de marihuana en Colorado, EE. UU., en el primer día de venta libre».

Se pasa gran porcentaje de sus horas frente al computador, capturando y *reposteando* (que no es una palabra del diccionario pero igual se usa), buscando y compartiendo, escrudiñando sin descanso el vasto espacio cibernético y escogiendo qué compartir. *«España otorgará la ciudadanía a marroquíes que renuncien al Islam».* A veces... en realidad, muchas veces... ¿para qué mentirme?, la mayoría de las veces, le agrega comentarios de su propia cosecha. Obviamente ni siquiera se toma el trabajo de corregir errores gramaticales. *«No lo pedo krer¡ kom ay perosonas tan mualas?».* *«Matanza de perros fue ordenada por la alcaldesa de Barranquilla».* *¿Vivir en su mundo será mejor?,* me pregunto con frustración cada vez que mi computadora, mi teléfono y mi tableta me hacen un bingdingping BINGDINGPING bingdingping simultáneo. Salto para ver quién se murió y me encuentro con la última de Rox.

«Aseguran que, tras un estudio realizado en Alemania, el contemplar los pechos de una mujer durante diez minutos alarga la vida en los hombres». Esta última la acompañó de un *selfie underboob* dedicado a los muchachos. ¡Por Dios, Rox, ni que las Chi-Chi-Chicas estuvieran como para mostrarlas en público! Pero ella embobada con la idea de alargarle la vida a alguien. ¡Que alargó algo, alargó algo ese día... pero no fue una vida!

«Los ejecutivos de McDonald's se han quedado petrificados cuando se dieron cuenta de que fueron distribuidos más de 5.000 preservativos con su menú

infantil Happy Meals en lugar del juguete que suele acompañarlo». «No hay que yir a cmer ayí», escribió Rox. Esta vez me consolé al ver que el *ayí* mal escrito por lo menos mostraba orgullosa y correctamente la tilde sobre la "i".

Yo adoro a mi amiga, pero mi paciencia con su inocencia tiene límites. ¿Cuántas veces quiere que ponga «Amén» a algo para que se me haga un milagro en ese instante? No, ya no quiero mandar ningún mensaje a diez amigas para jorobarlas con el tema de tener que reenviarlo de inmediato si quieren un milagro. ¡Joder con los milagros! Mi milagrito: que Rox despierte de estas pendejadas, nunca sucederá. ¡¡¡Argh!!! ¿Cómo puedo ser cómplice de la estafa de la lotería de Microsoft? Estoy segura de que el bicarbonato de sodio no cura el cáncer. La foto de John Lennon tocando con el Ché Guevera es falsa. Y, de todos modos, ¿a quién mierda le interesa?

Rox es como una vendedora de puerta en puerta que se ha quedado atascada en una puerta: la mía. Y no tengo el corazón para decirle la verdad.

Pero hoy he decidido que la cosa termina aquí. Tengo que quitarle la mamadera de una buena vez. Quisiera simplemente desconectarla por un mes, a ver si se le arregla. Me la podría llevar a algún lugar remoto y hacerle una terapia de desintoxicación. No... Rox nunca dejaría sus redes sociales por tanto tiempo... si no las suelta siquiera cuando se va a dormir. ¡Me ha texteado sonámbula! La única manera de convencerla es usando el Internet. ¿Pero cómo? ¿Cómo convences a un pseudociego de que realmente puede ver?

Me acuerdo de esa película del siglo pasado... ¿cómo se llamaba...? (creo que era *Wag the dog*), y me siento mejor porque un plan empieza a desarrollarse en mi mente.

Demoro unas semanas en ponerlo todo junto, catorce días de agonía mental sabiendo que esto ya acaba. Al día quince lanzo la primera granada cibernética. No es creativa para nada, pero Rox se la cree, y eso es lo único que cuenta.

«Un meteoro se aproxima a la Tierra, tenemos solamente cuarenta y ocho horas para llegar a un refugio en la montaña».

Me envía el blog que yo he plantado en su Feis. Está fuera de sí. Le digo que estoy preparada, que de inmediato paso a recogerla.

La encuentro hecha un mar de lágrimas, corriendo por todo su departamento tratando de juntar en una mochila sus bienes más preciados. Le pido el teléfono y su tableta. Le digo que han dicho en las noticias que las irradiaciones magnéticas gama-beta-teta que salen de los teléfonos aceleran al meteoro y que han pedido que mantengamos al planeta en silencio total. «Pero no le he avisado a nadie», se queja. La miro con cara de sargento. Me entrega sus aparatos. Puedo ver que tiembla, los efectos de la abstinencia se muestran de inmediato.

En el automóvil empieza a recitar pasajes de la Biblia. Rox es también "loquita Dios", obviamente tenía que ser así. Queda clavada en un fragmento que la pone ultra nerviosa.

«Los cielos pasarán con gran estruendo, y los elementos serán destruidos con fuego intenso, y la Tierra y las obras que hay en ella serán quemadas».

Quiero decirle la verdad, pero ya estoy embarcada. Me habla del terremoto de Chile, del de

Japón, de las trompetas del Apocalipsis que escucharon en Comodoro Rivadavia, me pregunta si enfrentamos el meteorito 1950 DA, el que los científicos dijeron podría acabar con la vida en la Tierra cuando colisione con la superficie del planeta. Me quiero reír, pero en lugar de eso me pongo seria y le contesto que no estoy segura del nombre, y luego le digo que tal vez sí, quiero que tenga dudas, que se quede conmigo. La tengo que espantar o no logro mi cometido.

En la calle pasamos cerca de manifestaciones y Rox se altera, piensa que son peregrinos dirigiéndose a pie al refugio en lo alto de las montañas. Al doblar una avenida escuchamos a lo lejos unas trompetas, yo sé que son de un restaurante mexicano pero me muerdo la lengua, literalmente, cuando ella alucina a los ángeles acercándose. ¡Me hago la pila! No sé cuánto podré aguantar. Me habla de las pestes, de las guerras, de los pecadores, los siete sellos, los falsos profetas, el ébola, y del arca sino-tibetana que nos podría haber salvado si hubiésemos estado en la China y comprado pasajes con anticipación. Me provoca cachetearla. En su mente se recuecen tantas cosas al mismo tiempo que es difícil seguirle el hilo mental a su enrevesado monólogo de arrepentimiento y múltiples teorías. Me da curiosidad hasta dónde podré ensanchar esta parodia, pero también me da penita que no la capte. Me estoy burlando de ella en su cara y Rox no asimila ni michi.

Calla por un momento. Está sumida en sus pensamientos. Aprovecho para respirar con calma. Disfruto su silencio. En seguida recuerda la luna roja del otro día y otros versículos llenan su boca.

«Y haré prodigios en el cielo y en la Tierra: sangre, fuego y columnas de humo. El sol se convertirá

en tinieblas, y la luna en sangre, antes de que venga el día del Señor». Dejamos el paisaje citadino atrás y veo que Rox respira pausadamente. Alaba los ejercicios de respiración diafragmática que aprendió en el YuTu con un video titulado "Cómo respirar para no morirte". Le digo que cuando lleguemos a la cima del monte me tendrá que mostrar cómo es la cosa ya que en mis treinta y dos años de vida nunca se me ocurrió tener que respirar de cierta manera para evitar la "piyama de madera".

Le digo que la estoy llevando a una cabaña en un bosque, un sitio «muy lindo, muy tranquilo, en donde se puede escuchar a los pajaritos cantando todo el día y el aire es fresco». Se alegra. Me tira una última cita bíblica.

«Y sucederá que todo aquel que invoque el nombre del Señor será salvo; porque en el monte Sion y en Jerusalén habrá salvación, como ha dicho el Señor, y entre los sobrevivientes estarán los que el Señor llame».

Pregunta si este lugar podría ser considerado como un Sion. La miro de reojo. Asiento. A estas alturas ya estoy demasiado envuelta en mi propio teatro como para dar marcha atrás.

En realidad no sé si habrá cabaña o bosque allá arriba, pero si no encuentro algo apropiado siempre le puedo decir que debe ser que el pterodáctilo que encontraron en Montana hace unos años destruyó todo. A lo que Rox asentirá, derramará una lagrimita o dos por los afectados del monstruo prediluviano, me dirá que también lo han visto en muchos lugares del mundo y que si no nos enteramos es porque el Gobierno prefiere mantenernos "incautos". Y es que mi amiga tiene un manejo "sifilítico" del lenguaje, usa palabras de a cinco dólares de manera incorrecta.

Cuando arribamos a la cima yo ya estoy a punto de tirarme por el precipicio. Me duele la cabeza de tanto escuchar idioteces. Me cuestiono el porqué de mi amistad con Rox. Sonrío al recordar que su personalidad de perrito faldero siempre me ha fascinado. También el hecho de que debe ser más fácil vivir sin entender la realidad de las cosas.

Para mi sorpresa, encontramos un bosque y un lago allá arriba. La temporada está al finalizar pero todavía hay grupos de campistas. Rox lo toma como una señal de que no seremos las únicas en este mundo nuevo. Doy unas cuantas vueltas por el lugar hasta encontrar una cabaña en apariencia desocupada.

Durante la semana que estamos en el "Nuevo Génesis", como a Rox se le dio por llamar a nuestro coto en las alturas, tengo la gran fortuna de que el universo me apoye con un terremoto, un eclipse lunar, y un fuego en una villa cercana. Incluso sin el Internet ella encuentra confirmación en todas partes. Su mente es maleable, adapta las circunstancias a las gafas con que ve la vida.

Es entonces que me doy cuenta de una realidad paralela a la mía. Rox nunca cambiará. La que fue transformada con este juego del fin del mundo fui yo. Si mi amiga se creyó todo lo que le dije sin cuestionarlo, durante siete días, me imagino el poder que podría tener sobre un batallón de ilusos. A regresar a casa rápido, que tengo mucho que hacer y todo lo que necesito está a la mano en el Internet.

La combinación

Bromeamos acerca de la posibilidad de terribles cambios el día de la toma de poder del zapallo hablante. No quedaba más que mofarse en esas circunstancias. El presidente número 45 venía con tal pedigrí que tal vez esos numerales no se usarían nunca más para nombrar calles, carreteras, colegios, pisos de edificios, líneas de tren... el 4 y el 5 estaban arruinados para mí desde ese punto en adelante. Todo lo que el país quiso evitar se encontraba a las puertas de suceder y no quedaba nada que hacer, excepto irritarse frente al televisor, compartir penas en redes sociales, reírse. Eso y salir de viaje. Nosotros nos íbamos a una vacación larga, pero igual conversamos en tonos orwellianos de la posibilidad de no poder volver a Estados Unidos. Eso es lo que una botella, varias botellas, de tinto le hacen a tu cerebro: abrirlo a la probabilidad de lo inverosímil. Y en mi sopor de borrachita empezó la batalla de los esquemas y las estadísticas. *Bueno, improbable, tal vez,* me dije, *pero ¿imposible que algo así ocurriera? La bestia lo ha dicho, van a botar a todos,* argumenté. *Es un absurdo,* me contesté, *estás hablando pavadas. Aparte que...*

—¿Segura...? Maite... —escuché una voz interrumpiendo mis pensamientos y luego el crepitar del fuego en la chimenea—. ¿Mai? —Mi esposo se acercó con la última botella de Malbec. Lo miré y me sentí desorientada. Me di cuenta de que la conversación me envolvió tanto que me fui a mi propio planeta.

—¿Cómo? —contesté en generalizado pero Lorenzo me conocía demasiado bien como para no darse cuenta.

Se sentó a mi lado y me sirvió el conchito, luego colocó la botella frente a mi rostro para que la soplara y pidiera un deseo.

—Por Dios, eres todavía un adolescente —le dije mientras cerraba la botella con mi deseo adentro. En el fondo me gustaban las pequeñas tradiciones como esa.

—Y bien: ¿estás segura de que nos dejarán entrar? —dijo poniendo una cara entre payasa y seria. Con Lorenzo todo era medio en broma medio en serio, creo que así me mantenía en mi burbuja de madre suburbana sin preocupaciones mayores que la del *carpool*, el *potluck* y el *soccer practice*. Él, como abogado, sabía mucho más acerca de lo que sucedía allá afuera y a su manera me protegía de todo.

—Claro que lo estoy. Vivimos en Estados Unidos, somos ciudadanos, nuestros hijos son de aquí; algo así pasa en otros países, nunca en "merica" —contesté sin mucha convicción—. Vamos ya a dormir, no vaya a ser que venga el naranja DC603C y nos deporte a México —me burlé mientras recogía las copas y las botellas.

—Pero no somos mexicanos —se quejó.

—Exactamente. ¿No te acuerdas cómo era de impredecible el Perú de Velasco? —contesté volviendo a colocar en su lugar los almohadones que quedaron desparramados por el suelo gracias a nuestra larga sesión de besuqueo.

Lorenzo se detuvo por un instante en medio de la sala y se quedó mirándome. Yo adoraba cada centímetro de ese hombre intensamente masculino, fornido, musculoso, fuerte, de piel teñida de un canela que provocaba comerlo de a poquitos, con esa sonrisa de amplios dientes y carnosos labios, y sus rasgos que caían en lo indígena, en lo exótico decían mis amigas, con esa nariz achatada y ojos negros rasgados en sus filos, y el pelo negro negrísimo y chuto amarrado en una coleta. Atravesando su mirada con la mía me perdí en la negrura de sus ojos y olvidé la conversación.

—¡Exagerada! —Se acercó Lorenzo hasta donde yo estaba y me tomó por los hombros.

—Tú eres el que se pregunta si nos dejarán entrar de regreso —susurré derritiéndome en su abrazo.

❊❊❊

Fue al retornar que todo se tornó sombrío. O quizá debería decir que todo se pasó de lo irreal a lo real. De la chacota a lo serio. De lo imposible a lo posible.

No hubo ninguna indicación de lo que sucedería a continuación durante el vuelo de Lima a Houston. Todo se sucedió de manera normal, tal y como siempre que viajábamos. No fue hasta que llegamos a la zona de ingreso internacional que notamos que muchos de nosotros que veníamos con pasaporte azul, pero se nos veía de otras razas, éramos desviados hacia una zona especial denominada "control extremo".

Lorenzo y yo nos miramos con un poco de ansiedad, pero tratamos de aparecer tranquilos. No era un buen lugar para tener un ataque de histeria.

Al ingresar a la sala nos vimos rodeados de viajeros que llegaban de vuelos procedentes de muchos países en todo el mundo, pero pronto nos dimos cuenta de que una gran mayoría eran latinos que, como nosotros, tenían la ciudadanía estadounidense. Me llamó también la atención el hecho de que yo era una de las pocas personas blancas en aquel grupo. Entrelacé los dedos de mi mano con los de Lorenzo, necesitaba sentir su cercanía, su calor, su protección. Pero lo que él me transmitió fue incertidumbre y miedo. Su piel me decía que estábamos en algún tipo de problema.

Cuando el salón estuvo a capacidad, un grupo de veinte agentes uniformados de inmigración, armados con metralletas, aparecieron frente a nosotros. Se trataba de jovencitos, todos hombres, todos blancos, de ojos claros y cabello castaño o rubio, como los chicos de las zonas rurales del medio oeste americano. Todos los que nos encontrábamos ahí intercambiamos miradas de terror. ¿Qué diablos estaba pasando?

Pronto los agentes empezaron a llevarse a los viajeros en grupos de a diez. A nosotros nos tocó casi al final. La verdad yo estaba lista para ponerme a llorar. Me sentía aterrorizada y observar la tensión posada en todo el cuerpo de Lorenzo no hacía más que asustarme al extremo.

Cuando por fin un agente nos ordenó seguirlo a una habitación separada junto con otras ocho personas, todos caminamos detrás de él sin decir una sola palabra. Al ingresar pudimos ver nuestras maletas ubicadas en un rincón con las de los otros. Me pregunté si tal vez se trataba de alguna equivocación que pronto podríamos resolver y continuar nuestro camino. Lorenzo me hizo una seña pidiéndome que no dijese nada; con la seriedad que tenía en su rostro no necesitaba convencerme.

El agente pidió nuestros pasaportes y se los entregamos junto con la documentación que llenamos en el avión. Los abrió y miró y luego los pasó por un escáner especial conectado a una computadora. Se quedó mirando el monitor y pudimos ver que sus cejas se arqueaban y su rostro se ponía serio.

—¿Maite y Lorenzo Guerrero?

Lo miramos y movimos la cabeza en positivo.

—¿Vienen de Perú?

Otra vez simplemente gesticulamos. ¿Para qué preguntaba lo que era obvio? ¿Buscaba algo en nuestras palabras, en nuestros papeles?

—Sus teléfonos, por favor —indicó.

Se los entregamos sin saber qué podría querer. Los tomó y sin ninguna explicación o disculpa los puso en una máquina trituradora. Lorenzo tuvo que colocar su brazo sesgado a mi cuerpo para obligarme a quedarme en mi sitio y no gritarle a ese tipo que qué se creía.

—¿Así que presidente zapallo? —Nos miró de una manera que me congeló hasta los huesos. ¿Desde cuándo no se podía hacer bromas en Estados

Unidos?—. Se creen muy ingeniosos, ¿no? Burlarse del presidente es ilegal y penado.

—¿Cómo? —preguntó Lorenzo. Lo sentía hirviendo y podía ver que la vena en su frente estaba creciendo de la tensión y la furia—. Soy abogado, lo que uno diga en los medios sociales está protegido por la privacidad y la libertad de expresión.

—Sí, señor Guerrero, sabemos todo acerca de usted y sus conspiraciones... Lo hemos estado esperando... ¿Cree que detrás de esa sonrisa no se le ve lo antipatriótico que es? Defendiendo a los ilegales... ¡la peor clase de traición! Pero ahora va a conocer lo que es bueno.

—Traen esto en la maleta, mi jefe —dijo un jovencito mostrando unos paquetes de polvitos naranjas.

—Eso es... ají en... —intentó responder Lorenzo.

—¡Es droga! ¡Faltaba más! —contestó el agente—. No necesitamos más para condenarlos. Vamos, llévenselos con los demás. Buena suerte tratando de entrar al país. —Se burló mientras nos colocaba grilletes de reo tanto en las manos como en los pies y nos abría una puerta que llevaba a algún tipo de pasadizo muy oscuro en donde pronto nos encontramos caminando junto con muchos de los que estuvieron antes en el salón principal.

❋❋❋

El grupo estaba compuesto únicamente por personas mayores. Los pequeños habían sido requisados en el aeropuerto y enviados a otro lugar. Felizmente nosotros viajábamos esa vez sin los nuestros, odiaría la idea de verlos sufrir y de saber que no puedo hacer nada por ellos. Avanzamos por largo tiempo por pasadizos largos y tenebrosos. A ambos flancos podíamos ver agentes armados. Su seriedad nos daba motivo para pensar que nuestra situación era grave. Nadie se atrevía a decir nada. El temor se podía oler en la integridad de nuestra columna.

El tiempo pasó y seguimos caminando, a escondidas del público en general, nadie estaba al tanto que estábamos atrapados en esos túneles, caminando hacia un destino que se pintaba tan lúgubre como aquel lugar, nadie en la superficie tenía la menor idea de que allá abajo iban cientos de personas que necesitaban ser rescatadas. ¿O tal vez sí lo sabían?

Calculé que caminamos unas diez horas. ¿Quién hubiera pensado que debajo de Houston se extendía una red subterránea de decenas, quizá cientos de kilómetros? Luego de un día entero en aquel laberinto los agentes se detuvieron y uno de ellos llamó con clave Morse en su *walkie-talkie*. Al rato unos soldados abrieron las compuertas y empezaron a sacarnos de ese hueco apestoso.

Ya era de noche y nos encontrábamos en un paraje desolado. Me costó acostumbrarme al poco de luz de luna que nos bañaba con tanta delicadeza luego de tantas horas a oscuras, pero al rato pude empezar a enfocar la vista y descubrir qué teníamos alrededor. Se trataba de algún tipo de base militar. Pude distinguir una fila de Humvees y camiones para transporte de tropa, junto con hangares para aviones y drones.

Casi al instante que todos nos colocamos en filas en medio de una pista de aterrizaje en desuso, un pelotón de soldados se acercó corriendo y nos apuntaron con sus armas mientras nos señalaban hacia los camiones. Me percaté que hasta ese momento nadie nos había explicado nada y por la forma en que cada grupo que nos recibía se comportaba daba la impresión de que tenían órdenes de no hacerlo.

Lorenzo pasó su mano por mi espalda y me sentí reconfortada por la sensación de sus dedos gruesos sobre mi piel. Sabía que tenía que absorber todo lo que pudiese de ese pequeño momento de intimidad y ofrecerle a él algo a cambio. Giré, lo miré a los ojos y pasé mis dedos por los suyos. El tiempo fue suficiente para decirnos tanto en esa brevísima interacción.

Nos pusieron en una columna y nos hicieron avanzar hasta los camiones y subir a ellos mientras nos aguijoneaban con las puntas de sus rifles y nos asustaban disparando al aire de rato en rato mientras nos insultaban con peyorativos racistas, homofóbicos, sexistas y todo lo que se pudieran imaginar. El odio que nos tenían sin siquiera conocernos permeaba el aire que respirábamos.

Cuando terminaron de cargar todos los camiones, arrancó el convoy. No sabíamos a dónde nos llevaban ni para qué. La verdad yo pensé que pararíamos no tan lejos de ahí, nos bajarían a todos y nos ejecutarían uno a uno en ese lugar, que aquel sería el fin, que de alguna manera nuestras muertes servirían de aviso de la severidad del castigo que se le daría a cualquiera que quisiera confrontar al nuevo presidente. Después de todo, estábamos ahí por prácticamente nada. ¿O es que mientras estuvimos fuera escribir en redes sociales se convirtió en un crimen?

Pero no fue así. Por alguna razón nos querían vivos.

Viajamos toda la noche y parte del siguiente día. Lo único que nos ofrecieron fue agua. En ningún momento nos dieron comida o la oportunidad de bajar para ir al baño. Era como si quisieran que nos ensuciáramos con pis y excrementos.

A pesar de que nos habían puesto unas capuchas oscuras sobre la cabeza era posible ver algo entre el tejido suelto de la tela. Fue así como pude notar los cambios horarios y también cuando cruzábamos por alguna ciudad nueva. El último cartel que vi en la carretera antes de que el viaje por fin terminase fue Nogales, Arizona. Luego entramos a un túnel y los camiones se detuvieron.

Nos bajaron de la misma manera que nos subieron: acosándonos, insultándonos, agrediéndonos de palabra y con sus armas. En este punto no estaba segura qué esperar, pero fuese lo que fuese hice todo lo posible por estar siempre junto a Lorenzo. Si este era el final, quería morir perdiéndome en sus hermosos ojos.

Nos hicieron avanzar por otra ratonera de pasadizos hasta que salimos de esa oscuridad al chocante brillo de un mediodía en el desierto y la luminiscencia de una pared dorada que crecía imponente en medio de esa nada de cactus, piedrecillas y cuervos. De diferentes puntos de la árida tierra empezaron a emerger otros grupos de viajeros a quienes se les empezaba a despojar de sus capuchas, cientos y cientos de personas, miles me imagino ya que el espacio en aquel lugar faltaba para todos los que éramos ahí. A pesar de estar al aire libre, el ambiente quemaba, el sol no tenía compasión alguna por nosotros, y los rayos reflejando en aquella absurda pared nos cegaban. Estuvimos de pie por horas contemplando el más dorado de todos los dorados que he visto en mi vida. Juré que si me salvaba de esa nunca compraría nada en ese color en mi vida. La fetidez de miles agravaba la situación, pero ninguno de esos soldados parecía tener empatía hacia nosotros.

Pasó la puesta de sol, que hubiese etiquetado de "hermosa" de haberla recibido en otra ocasión, bajo otras condiciones, rodeada de amor. Pero ese no era el caso. Nos estaban rompiendo de a poquitos, castigándonos por ser quienes éramos.

Por fin algo sucedió al caer la noche. En la pared empezaron a reflejarse todo tipo de notas escritas en redes sociales en contra del nuevo presidente. Asumí que lo que veíamos venía de las cuentas de los que estábamos ahí. Miles de miles de voces del pasado cercano, advirtiéndonos de los peligros que enfrentaríamos bajo este nuevo régimen. Libertad de expresión parecía ser la primera baja en una larga lista de muertes anticipadas en los próximos años.

Al cabo de unos minutos, una pantalla emergió por encima de la pared, irguiéndose sobre nosotros como un monstruo para el cual éramos insignificantes. Una música empezó a sonar y hacerse eco en el viento del desierto, nuestros rostros y nombres aparecieron en la pantalla, y luego un locutor que decía: «Y ahora, a prepararnos para el *reality show* que arrasa con la grasa en nuestra nueva América… ¿quiénes son los traidores y a quiénes les permitiremos entrar? Nada de lo que verá es falso… los personajes son verdaderos, las situaciones son verdaderas, su traición o amor a la patria son verdaderos… Esto es *La combinación*, el *reality* que soluciona el problema de la frontera de una vez por todas. ¿Están listos para juzgar? Ahora con ustedes, nuestro presidente, el bienamado, el más ilustre, el más grandioso ser humano que haya pisado este mundo…¡¡¡MISTER T!!!». Al decir estas palabras, el prez apareció en la pantalla y la tortura empezó.

—Nos vamos a divertir mucho —dijo mientras ponía esa cara de huelepedos que pone cuando siente que dice algo importante—. Nunca nadie ha hecho lo que yo estoy haciendo. Soy inteligente, ¿lo ven? Soy más inteligente que Einstein… A un científico no se le ocurriría lo que a mí… Va a ser lo mejor que han visto en su vida… lo mejor, lo mejor… Nos vamos a divertir como nunca. Y la sintonía… uf, el mundo entero está prendido de su televisor para verme.

Luego miró hacia abajo, y sus manos parecieron salir de la pantalla y tocarnos. Empezó a poner sus dedos sobre diferentes personas, como si estuviera tratando de levantarlos del suelo y llevárselos a su boca.

—Nada como el miedo… Casi tiene un sabor… es medio amargo, pero creo que me puedo acostumbrar —dijo mientras colocaba sus deditos sobre diferentes personas y su historia personal aparecía en pantalla.

Después de unos segundos pareció cansarse o aburrirse y decidió empezar con el juego de verdad. Una puerta apareció en medio de esa pared dorada. Cada persona escogida para concursar tenía que tratar de adivinar la combinación que abriría la puerta y así tener la oportunidad de ser admitido en el país.

Los hombres pasaron primero. Antes de adivinar la combinación se les leía lo que habían hecho para ser detenidos mientras mostraban escenas de sus vidas consideradas momentos de traición a la patria. Se trataba de acciones que en el pasado podrían haber sido totalmente legales, pero que en esta nueva era estaban proscritas. Por supuesto, la persona frente a la cámara era ridiculizada al extremo mientras las risotadas de los ciudadanos en la audiencia se escuchaban en todo el ambiente. Pocos eran los que salían en positivo de ese intenso encuentro y, debido a lo vivido, mis esperanzas fueron disminuyendo conforme pasaron las horas.

El juicio de Lorenzo duró unos minutos nada más. Su trabajo con los inmigrantes y su conocida oposición al nuevo presidente durante las elecciones, aunado a una larga pila de documentos e instancias grabadas, lo colocaron en intenso peligro. Ya para cuando le tocó presentarse en aquel programa, nosotros habíamos adivinado que solamente entraban los que el prez quería, que de alguna manera la combinación funcionaba en ciertos casos y en otros no.

Lorenzo volteó a mirarme con cada turno que perdía. Nuestros ojos el único puente a la realidad que se desvanecía en ese instante. Por fin, a la tercera vez en que no pudo adivinar la combinación lo llevaron a un extremo del campo en donde estábamos, lo pusieron en un cañón de circo y lo lanzaron como una bala humana hacia el desierto.

Es posible que yo nunca sepa qué sucedió con él, si se salvó del golpe y las heridas sufridas durante su inhumana despedida, o si fue capaz de cruzar ese brutal desierto de desmesuradas temperaturas asesinas y llegar a algún lugar en donde ahora esté fuera del alcance de esos criminales en el Gobierno. No lo sé y eso conforma hoy parte de mi diario calvario.

＊＊＊

En cuanto a mí, ¿qué les puedo contar? ¡Claro que di con la combinación! El juego estaba amañado, ya les dije eso antes. ¿Pero creen que una vez que di con la combinación mis pesares acabaron?, ¿que fui aceptada en la nueva América? A mí, por ser blanca y bonita me reasignaron a un hombre mayor, blanco (medio naranja en realidad), que vive en 1600 Pennsylvania Avenue. Y ahora sí les puedo asegurar que el tema aquel de que le gusta agarrar a las mujeres por el coño no es mentira. Si esta botella de vino con mi mensaje ha llegado hasta ustedes, les ruego: *help,* ayúdenme, *he is about to* cogerme por el *pussy again.*

El espejo retrovisor

En mi espejo retrovisor tengo colgados muchos recuerdos, de rato en rato los veo flotando en el aire como banderolas teñidas con los colores de mi vida. Un pase de trabajo, la primera galleta que compartimos, el boleto de aquel concierto de donde me sacaste desmayada. En el asiento en donde deberías estar como mi pasajero, descansan el brazalete de soguilla en donde practiqué nuestros nudos, una uña postiza pintada con salpicaduras de sangre y el ladrillo marcado con una fecha antigua que recogí del sótano donde nos conocimos.

❊❊❊

—¿Sabe tu asesor que estás aquí? — preguntaste a una distancia prudencial. Te diría que me asustaste con tu presencia y que me ofendiste con el espacio que pusiste entre los dos, pero la verdad es que estoy acostumbrada a que me traten así.

Te miré por entero. Me tomé mi tiempo para detenerme sobre tu rostro, tu cuerpo, tus manos. Desde donde estaba tenía la ventaja de estar escondida por la oscuridad, mientras que tú brillabas bajo el único foco encendido.

—No tengo "asesor" —contesté.

—¿Te estás escabullendo de alguna "clase"? —insististe. Esta vez pude ver que tenías un pase.

Sonreí socarrona. Era un chiste los nombres que utilizaban en el "instituto".

—Soy nueva —dije con un tonito de perrita perdida. A los hombres les gusta que les hablemos así. Estaba segura de que tú no serías la excepción. Y no lo fuiste.

—Puedo pedir que me asignen como tu asesor —te acercaste y pude ver tu pase—. Mi especialidad es aclimatar a las personas que nunca han pasado por aquí. Pero tienes que salir de ese lugar lóbrego, venir hacia la luz.

—¿Escritor te crees? —repliqué escurriéndome por entre unos tubos de metal.

Me detuve de súbito a varios metros de distancia. Sentí tus pisadas acercándose. Mi corazón se aceleró tratando de decidir si quería luz en mi vida. Si dejarme llevar hacia el resplandor que irradiabas era lo que yo buscaba.

✳✳✳

Veo en la noche a la distancia las salidas de la carretera y suspiro. Son como las puertas de la vida.

Como los túneles del amor. Escogemos y nos concentramos tanto en lo que tenemos frente a nosotros que nos es difícil ver que tal vez unos pocos kilómetros más allá nos espera algo mejor.

Tal vez eso me hubiera ocurrido si no te hubiese conocido, ¿sabes? Pero como dirías tú: «Eso no es historia». Y sí, tienes razón: si nunca pasó, entonces nunca existió.

La primera vez que te vi no te hubiera pintado de versado en "nuestros temas" (nuestros temas hoy, que en esa época nunca me lo hubiera imaginado). Más bien te califiqué de "bondadoso". No soy buena con primeras impresiones. Siempre escojo el opuesto de lo que la persona realmente es. En cambio, tú... tú viniste a este mundo equipado con un radar que podía escrudiñar muy dentro del alma de alguien. Así es como me imagino que me escogiste. Desde el instante que me viste ovillada en una esquina de la sala de máquinas lo supiste, yo era tu complemento. ¿Me seguiste hasta ahí? ¿Me elegiste en el momento en que me viste cruzar el enrejado del instituto? No te culparía. A veces pienso que llevo un letrero ofreciéndome como blanco.

✳✳✳

Me lo dijiste de una manera casual a los pocos días de conocernos. Estábamos solos, en una de nuestras sesiones de "asesoría". Sonaba casi como si preguntaras qué sabor de helado me gustaba. Yo, tonta, me lo tomé como una broma, como quien no quiere la cosa.

—¿Alguna vez...? —empezaste y a propósito dejaste flotar las palabras desde tu lado de la oficina hasta el mío. A continuación, una pausa eterna. Luego yo mirándote, primero con curiosidad, y al instante casi con desesperación. Y tú, sabiéndome enganchada, rellenando el silencio con el develamiento de tu perversión—: ¿...Alguna vez has sentido la vida de otro apagarse?

Me quise hacer la idiota. La que no entendió la pregunta.

—Estuve en el salón de la casa vieja cuando mi abuela murió...

—¿Tu abuela? —sonreíste tratando de seguir cavando ese hueco hondo y oscuro—. ¿Tu abuela fue tu primera...?

—¿Mi primera muerta? Sí... Pero yo no la maté... a no ser que los deseos cuenten...

Por dentro me orinaba de los nervios, pero para ti me mostré serena. La verdad es que la idea me excitaba. ¿Cómo es posible que dos desconocidos sean tan parecidos?

—¿Deseaste asesinar a tu abuela?

—Sí —lo dije y ya. Sabía que no podía retroceder—. En la época en que viví con ella...

Acercaste tu silla y tu fragancia me inundó. Pude ver en tu mirada lo compatibles que éramos.

—¿Lo hubieses hecho de ser posible?

—De ser posible... Pero alguien más me ganó por puesta de mano. La vieja me llamaba "gorda" todo el tiempo.

—¿Y por eso la quisiste asesinar?

—¿Sabes lo feo que es ser insultada por gusto?

—¿Por gusto?

—¿No ves que soy flaca? La vieja era sádica, le gustaba torturarme… sabía que desprecio la gordura con toda el alma y ahí es donde me pinchaba.

Te acercaste más. Encontraste mi botón, pero querías certificar el hallazgo.

—¿Y por qué te quedaste a vivir con ella si era así de mala?

—Tenía otras cosas que me gustaban…

—Dime tres.

Te miré con una mezcla de sorna y deseo. Te gustó darme cuerda y a mí me encantó enredarme con ella.

—Sabía lo que quería y cómo obtenerlo, vestía siempre lo mejor, era refinada y tenía todo en la casa bajo control. Con mis padres era como vivir en el circo… con mi abuela todo tenía orden.

Sonreíste.

—¿Te gusta el orden?

Me mordí el labio superior. Mis latidos empezaron a saltar indefinidos. Sabía a qué te referías y aun así asentí.

—Ahora sí podemos comenzar —dijiste mirando con trazada curiosidad de explorador el preámbulo de mi falda.

Y me di a ti. Por supuesto que me di con todo. Desde que pusiste esa idea en mí ya no podía pensar en nada más. Nunca se me hubiera ocurrido dejar salir a flote algo así, pero una vez que tú lo pusiste sobre la mesa sentí como si me hubieran quitado el collarín de esclava de lo mediocre, que me hubieran liberado algo muy dentro.

Iba a las clases, me apuraba con la tarea, dejaba entrever que todo marchaba bien. Aguantaba todo con tal de verte en nuestras sesiones y conversar de eso. De la vida. De la muerte. De tomar una vida entre tus manos y verla extinguirse. Y me lancé. No pensé en las consecuencias. Simplemente me tiré a la piscina vacía con todas mis ganas. Fui tuya con todo lo que tenía a mi alcance. Empecé a pensar en términos de Tú y Yo. Una "t" y una "ú". Con acento. Siempre con ese acento que me derretía, sin importar lo que dijeras.

Pero no fue hasta que me "gradué" del instituto que nuestra realidad empezó. Hasta entonces se trató de una fantasía. Palabras al aire con la envoltura de compromiso. Una delirante ficción. Escenarios pintados entre los dos en lienzos invisibles. Al comienzo incluso pensé que era nada más que una manera de sonsacarme lo más escondido, de desnudarme en la seguridad de tu oficina, de diagnosticarme mientras me hacías pensar que tú eras como yo.

Me dejaste alucinar que todo fue una mentira cuando tres semanas enteras llegaron y se fueron, y de ti no escuché nada. Ahora caigo en cuenta que esa jugada era tu manera de hacerme desear aquello todavía más, ¿no fue así?

A la cuarta semana me encontré contigo en el supermercado. Era la primera vez que me dejaban salir sola, pero imagino que eso tú lo sabías de antemano. Nuestros carritos chocaron. Me miraste con beneplácito, con intensidad relajada. ¿Cómo podías hacer eso? Me susurraste la esperada pregunta. Me excité al sentirte tan cerca, al tener la posibilidad al alcance de mis manos.

Sin decir más, te seguí hasta tu carro. Nos sentamos los dos mudos. Yo sudaba profusamente en el asiento del pasajero, no podía creer que el momento por fin llegaba. Cuando conversábamos, todo era en teoría, todo era como un juego, pero ahora querías probarme, ver si realmente lo haría.

No hablamos palabra en el trayecto. Yo estaba decidida a hacer lo que me pidieras.

Aparcamos en un estacionamiento subterráneo. Podía sentir la altivez a través de mis tacones martillando contra el cemento iluminado por un foco casi sin vida. La seguridad de mi andar contrastaba con mi mansedumbre interna.

El lugar estaba vacío. En verano la mayoría se va para la costa. Mejor. Teníamos el edificio entero para nosotros.

En el ascensor me besaste en la boca. Nuestro primer contacto físico. Mis piernas temblaban de sólo pensar en lo que haríamos después.

Antes de entrar me dijiste que me tenías un regalo. Sonreí tímidamente. *La hora de la verdad ha llegado*, me dije. *¿Tendré la suficiente fortaleza para arrebatar una vida?*, me pregunté.

Me llevaste hasta la habitación. Sobre la cama, tendida a lo ancho, con las piernas abiertas como las manecillas del reloj cuando dan las ocho con veinte se encontraba una muchacha. Cubría su torso un lazo rojo. «Es tuya, para que me la calientes», dijiste rozando con tus dedos la pierna izquierda de la chica. Luego te fuiste a sentar en una esquina, sobre un sillón de color café.

Te miré sorprendida.

—No sé qué hacer... Nunca he estado con... con ninguna mujer... no soy... así...—me quejé mientras deliberaba qué haría, cómo lo haría. Me pregunté si tal vez pensaste que era lesbiana. —Mejor —dijiste y te acercaste para ayudar a despojarme de la ropa. Luego me dejaste temblorosa y te sentaste de nuevo frente a nosotras—. Ella te guiará —murmuraste con los ojos fijos en el océano de preguntas en que se convirtió tu lecho.

Tenías razón. La chica era una experta, y cuando estuvimos cerca de arribar a esa playa llamada orgasmo, me sustituiste con tu cuerpo, y, desterrada a la alfombra, te vi encenderte sobre ella, jadeando, resoplando y bufando hasta que la sentiste casi al llegar. Fue entonces que pusiste tus dos manos sobre su cuello y empezaste a empujar, moviéndote sobre ella ahora desenfrenado y estrangulándola hasta el borde del abismo. Y cuando pensé que estaba muerta, la escuché gemir delirante y luego toser. Milagrosamente, la chica estaba todavía viva. Acrecentado tu miembro por la experiencia te vi penetrarla con demencia, y, al sentir tu leche derramándose, regresar tus manos a su cuello, y una vez más ahorcarla, esta vez hasta su aliento final.

Al terminar, me llevaste a una habitación escondida en donde guardabas todos tus "regalos". «Serán tuyas, una por una», dijiste. Te pregunté si todas eran también graduadas del instituto. Asentiste, luego me susurraste: «En acelerado, como tú».

Cuando desperté, te encontré parado en el balcón, saludando al día como si nada. Quise saber cuándo morirían aquellas mujeres y me diste a entender que el proceso llevaba una semana, al cabo de la cual llegaba la noche del "sacrificio".

Pasamos por la primera y la segunda, por la alemana que me cayó antipática, la niña bien con una preciosidad de cuerpo, y la vecina a la cual volviste loca con la sola idea de tenerla a tu disposición en el instituto. Con todas jugábamos una semana y luego tú las matabas. Mi función era únicamente de calentadora. La habitación escondida fue vaciándose de graduadas. A la quinta mujer estrangulada me di cuenta de que quedaba sólo una y el siguiente "sacrificio" sería el mío. ¡Que rápido se desvanece el interés en el juego cuando es nuestro turno de perder! Me puse al habla con la muchacha a la que tocaba matar esa noche. Acordamos lo que haríamos.

Fuiste nuestro muñeco desde el crepúsculo. Ella quería asesinarte. Yo solamente deseaba estar contigo, ser tu mujer por lo menos una vez. Fue en el momento del cambio de guardia que te agarramos. La excitación puede causar una especie de ceguera de los otros sentidos y de eso nos aprovechamos. Te inyectamos con una dosis extrema de Viagra, queríamos que estuvieras tremendamente erecto, que sintieras aquel placer de la asfixia erótica del que tanto hablabas. Y llegado el momento del orgasmo, los tres obtuvimos lo que tanto deseábamos.

❋❋❋

Quise ofrecerte lo mejor de mí y en lugar de eso… En lugar de eso, tú arruinaste todos nuestros planes. Y es que a veces tomamos una oportunidad y la exprimimos con tanta fuerza que le quitamos el aire, le cortamos la circulación, sin querer la matamos. Me desvirgaste el alma, ¿sabes? Desde la primera vez que me miraste y supiste que sería tuya. Fui tu juguete. Me dejé moldear como plastilina. Te quise como nunca quise a nadie, como nunca querré a nadie. Y, aun así, nunca me tomaste voluntariamente. Nunca me hiciste tu mujer. Como buen sádico que fuiste, nunca me diste el premio ofrecido por hacer todo lo que tú quisiste. Pues, ¿sabes qué? Tú ya no estás... pero nunca me podrás dejar. Vives por siempre en el amor que cargo en mi vientre. ¿Mi niño se parecerá a su padre?

La medida de la bondad

La verdad es que Miguel Mendoza nunca terminó la secundaria, nunca pasó por la universidad, nunca tuvo algún adulto que lo guiara. Eso es lo que hacía que su historia de éxito fuese tan impresionante. Un huérfano sin educación formal convertido en un magnate a los treinta. Contaba él que empezó con solamente mil soles en el bolsillo, producto de meses de mendigar en las calles y dormir bajo el puente. Decía que en esa época era muy delgado y que sólo tenía una muda de ropa. Todo el dinero que obtenía en la calle lo guardaba en un escondite predilecto en una alcantarilla cercana.

Una tarde calurosa, Miguel se encontraba mendigando en una esquina. Como siempre, estaba haciendo piruetas frente a los carros detenidos frente a la luz roja. Treinta segundos para hacer su presentación, treinta para pedir limosna, uno para salirse del peligro de los conductores avanzando a toda velocidad una vez que la luz cambiase a verde. En una de esas trastabilló y cayó sobre el capó de una limusina.

Del automóvil se apeó una bella mujer de apariencia exótica, vestía por entero de dorado y llevaba el cabello de color azabache en diecinueve trenzas que le llegaban hasta la cadera. Lo tocó y sin decir nada regresó al interior del carro.

Enmudecido, Miguel se levantó y caminando perfectamente y sin cojear siquiera un poco se marchó de aquel lugar y nunca más se le vio por ahí.

Un año después, Miguel Mendoza era millonario.

Al comienzo todo el mundo lo llamaba señor Mendoza, con mucha discreción y respeto, pero pronto se empezó a rumorear que el hombre no era terrenal, que era un enviado divino con poderes sobrenaturales. El hombre había curado a un mudo y enmudecido a un gobernante que no dejaba de hablar sandeces, logró que un iletrado lea de la noche a la mañana e hizo que un drogadicto dejara el vicio y recuperara todas sus facultades mentales.

De señor Mendoza con venias pasó a ser "San Miguel", con venias también, aunque de una tonalidad diferente.

Conoció a su esposa en una de las barriadas que era dado a visitar cuando sentía que el halo de lo sobrenatural lo abandonaba. Ella, una mujer con los músculos atrofiados por una terrible enfermedad, lo miraba sentada en una posición imposible desde el suelo del cuchitril en donde vivía. Toda la vecindad estaba arremolinada cerca de ellos cuando don Miguel la tocó. Inti Raymi, que así era su nombre, igual que la ceremonia incaica en Cusco, reveló después que lo único que sintió en ese instante fue mucha luz, el cosquilleo de algún tipo de electricidad de bajo voltaje pasando por su cuerpo y luego el milagro de sus extremidades desatándose de ese ovillo cada vez más apretado en el que había vivido por décadas.

Una vez que Inti se levantó y estuvo enfrente de su benefactor los dos quedaron prendados, y de la mano salieron de la casucha oscura a la luz de una vida nueva. Inti le regaló la dicha de tres niñas: Killari, Asiri y Yuriana. Los cinco juntos eran invencibles. O eso fue lo que pensó Miguel hasta el día que su Inti Raymi y las tres joyas de su vida fueron arrebatadas por un ladrón llamado destino... también conocido en el reporte policial como conductor drogado.

Lo que siguió fue penumbra. El hombre que casi podía resucitar a un Lázaro moderno no pudo hacer nada para salvar a su familia.

Poco a poco fue cambiando Miguel, alejándose de los milagros, negándolos con una sonrisa de revancha. Si él no podía tener un milagro en su vida, entonces nadie lo obtendría.

Un día, sentado en tráfico dentro de su limusina, vio a un joven haciendo piruetas frente a los carros detenidos en la luz roja. Sintió una punzada en su corazón y le gritó al chofer que avanzara apenas la luz cambiase, topando al muchacho de costado y sin detenerse para auxiliarlo. Esa fue la última vez que Miguel Mendoza disfrutó del lujo que la vida le regaló; al día siguiente su fortuna se esfumó. Su desquite casi le costó la vida al chico, quien al abrir los ojos luego del susto se encontró con una mujer de aspecto exótico vestida por entero de dorado.

El cielo es un orgasmo

No voy a negar que me sintiera curiosamente excitada el día que me dijeron que moriría pronto. Es morboso, lo sé, pero no me arrepiento de sentir aquella liberación completa ante la noticia de mi final cercano. No es que en los años anteriores hubiese sido una persona recatada, remilgada o púdica. Una ninfómana no se puede permitir siquiera ser muy exigente, excepto cuando se trata de higiene y propagación de enfermedades. Mis únicas dos reglas siempre fueron que la persona sea limpia y que no me pase ningún bicho. Aparte de eso, no me podía dar el lujo de estándares altos. Pero eso sí, guardaba, y hacía guardar, estricta, casi obsesiva, discreción acerca de lo que yo hacía a puertas cerradas. ¿Con cuántos me acosté? Con demasiados, dirían algunos. Con los que mi naturaleza me pedía, diría yo. Disfrutar es mi único norte.

No quería expirar, no deseaba desaparecer de este mundo que me había brindado sin recato toda la lujuria que le pedí, no me tomen por masoquista, pero las palabras del doctor, en lugar de sentencia de muerte, me equivalieron a pase de vida. Incluso el precepto de no acostarme con gente enferma lo podía tirar por la ventana. Fallecería pronto y las pautas se habían autodestruido al enfrentarse a esa condena inesperada.

Decidí que viviría a plenitud todos y cada uno de los minutos que la vida me regalaría y que, tal y como había mantenido mi ninfomanía en privado, este diagnóstico también quedaría encerrado bajo llave. Al llegar a casa, de regreso del consultorio, después de cogerme al doctor aquel encima del escritorio y del reporte acerca de mi salud, que por cierto quedó manchado con los afanosos jugos de nuestro retozo, me dirigí a mi habitación y me permití exhalar. Luego busqué dentro de mi secreter hasta encontrar el famoso cuadernito que contenía la lista de todos con los que en algún momento me deleité sexualmente. En aquellas páginas reviví encuentros que se remontaban a días, semanas, meses, años, décadas atrás. Fernando, 1606866908020. Patrick, 03030303N1. Ramiro, 311200998320000... Folios detrás de folios de nombres, fechas, poses y lugares. Sus datos de contacto estaban también guardados ahí. Calculé que no tendría tiempo para darle un repase, un último apasionado adiós, a todos y cada uno de esos hombres que hicieron de mi vida de ejecutiva viajera un regodeo constante.

No me quejo, eso sería una blasfemia en contra de lo que soy, de quien realmente soy. No cambiaría nada acerca de mi impetuosa existencia. He estado constantemente acompañada y todos mis deseos sexuales, todas mis fantasías, se han hecho siempre realidad. Lo que realmente me estaba jodiendo en ese instante era que los recuerdos de mis amantes me hacían desearlos dentro de mí; y el saber que no podía tenerlos me calentaba todavía más.

No desfallecí. Me sentí fogosa y recordé que, si bien la mayoría de ellos estaban lejos, quedaban unos cuantos nombres de amantes en la localidad en donde yo residía. Encendí el computador e hice una búsqueda en la lista que tenía transcrita a un Excel, pero esta vez ordené por código postal. Me enfoqué en el mío, 98060, y encontré unos diez nombres. Imprimí la lista. Me los cogería a todos y cada uno de ellos. Y si me sentía todavía con energía luego, buscaría el siguiente condado y el siguiente y el siguiente, hasta salir de mi Estado y cogerme a los que me follaron vigorosamente en el Estado de al lado y luego el siguiente y el siguiente. Y si todavía estaba viva, continuaría hacia el sur, y lo haría frente al Pacífico con una veintena, tal vez una treintena, de hombres que me habían tocado íntimamente en San Fran y San Diego y San José... En fin, todos los santos de esa zona, que son muchos...

De inmediato escogí uno en mi ciudad y lo llamé. Era 2609015598060, Liam.

El teléfono timbró tres veces, luego contestó una voz de hombre:

—Habla Liam, ¿en qué le puedo servir?

—¿Liam? —dije, sintiéndome extremadamente húmeda por el recuerdo de sus besos y sus caricias—. Soy yo, Nitza... ¿Te acuerdas de mí, *naughty lover*?

Él pausó por un instante. Luego contestó:

—Sí, claro que te recuerdo... ¿En dónde y a qué hora?

—En el Needle, antes del *sunset*...

—¿Qué quieres hacer allá arriba?

—Me darás el encuentro y te comportarás como un desconocido... un extranjero irlandés, con acento y todo...

—¿Y qué más?

—Irás ganándote mi confianza con piropos y subirás el tono de lo que me digas desde inocuo hasta sexualmente cargado...

—¿Y luego?

—Y luego... te acercarás hasta mí por atrás y subirás tu mano caliente por entre mis piernas...

—¿Llevarás puesta una falda?

—Sí... una faldita corta. Recuerdo que te gustan las minis...

—Para tocarte mejor —se relamió él—. ¿Y en dónde te follaré?

Lo pensé. Luego se me ocurrió algo que no había hecho antes:

—En las escaleras... —suspiré de gusto y colgué.

✳✳✳

A las 7 de la tarde, Liam apareció en la estación de observación del famoso edificio de The Needle de Seattle. Yo vestía una falda corta de mezclilla y una blusita semitransparente de florecitas. Él se había disfrazado de turista, con binoculares colgando del cuello y mapa en mano. No lo recordaba tan atractivo, tan masculino. Tal vez la enfermedad amplificaba todo, incluyendo mis deseos.

Caminé hacia un lado del ventanal que se encontraba desolado. Me apoyé sobre la baranda y observé la ciudad mientras subía mi mano sobre mis muslos temblorosos. Los labios de mi Panchita empezaron a palpitar y crecer, casi saliéndose de mi calzoncito.

Liam se aproximó. Inesperadamente rozó con su mano mi brazo derecho. Mis vellos se erizaron.

—Qué hermosa vista, ¿no? —dijo en su masculina voz carrasposa con acento irlandés.

Asentí en silencio.

—¿Eres de aquí? —preguntó y se acercó. Podía oler en su barba aquella colonia que me ponía excitada.

—Sí. ¿Quieres que te muestre? —pregunté para iniciar nuestro juego.

—¿Que me muestres qué? —dijo, apoyándose en la baranda y volteándose para mirarme.

Me desabotoné un botón de la blusa y lo miré.

—Me gusta —dijo él, pasándose la lengua por los labios.

—¿Quieres que te guíe? —dije, tomando su mano y colocándola sobre mi rodilla.

—¿Hasta dónde me llevarías, preciosa? —preguntó él, subiendo su mano entre mis piernas con estudiada lentitud.

—Hasta donde tú quieras, cariño… —contesté, volteando para ver su cara mientras metía sus dedos dentro de las profundidades hirvientes de mi madriguera abierta.

Gemí en sus brazos y rocé mi cuerpo sobre el de él hasta sentir su sable engrandeciéndose debajo del pantalón.

—¿Quieres ponerla en mi boca? —pregunté, deleitándome de sólo imaginarme degustando su tremendo chafarote colorado.

—Quiero que lo chupes como un pajarito sorbe el néctar de una flor —dijo, jalándome más cerca de su cuerpo.

Sentí una erección de mis senos, de mi clítoris, de mi cuerpo entero resuelto a entregarse a Liam, concentrado únicamente en el placer que estaba por recibir. Hubiera querido que me coja ahí mismo, en el piso del Needle, pero los otros turistas hubiesen tenido que llamar a los guardias de seguridad y se hubiera armado un escándalo y Liam y yo no hubiésemos conseguido lograr la actividad sexual que vinimos a buscar.

Metió sus dedos con insistencia dentro de mi guarida. Chillé. Turistas voltearon, algunos curiosos, mirando con excitación nuestro espectáculo; otros, tapándole los ojos a sus críos. «Puta», «sinvergüenza», oí que me llamaban. No me importaba.

—Vamos. Vamos, que no llego a la puerta ni menos a las gradas… —dije, sintiéndome mojada.

Llegamos a la escalera de escape con las justas. Liam se bajó la bragueta y yo me arrodillé sobre el frío piso de metal a cientos de metros de altura sobre la ciudad de Seattle y procedí a corrérsela con tantas ganas que llegó en menos de cinco minutos.

Luego, sin decir nada, me puso de pie, me volteó, levantó mi falda y rompiendo las bragas en dos metió tres dedos en mi culo y dos dejó libres para tocar a la Panchita.

❊❊❊

Esa misma noche llamé al siguiente en mi lista: Jordi, también en Seattle, un masajista especializado en los *Happy Endings*. Hice una cita para esa misma semana. Rompí mi código de secrecía y le expliqué lo que me sucedía. Me dijo que nuestra despedida sería "sensacional".

Llegué a nuestro encuentro unos minutos antes, la anticipación de lo que haríamos me ponía el cuerpo enhiesto. Vi entrar y salir masajistas de los cuartitos en donde atendían a los clientes. Observé con intensa alegría a hombres y mujeres saliendo de esas habitaciones con grandes sonrisas y cuerpos estremecidos. No hay nada como una buena agarrada para arreglar hasta el peor de los días.

Jordi se apareció al rato. Se sentó a mi lado y me pasó la mano varonil por el cabello.

—¿Estás lista, preciosa? —me dijo mirándome seductoramente a los ojos. Él tenía esa cualidad de hacerme sentir divina cuando estaba en su presencia.

Pasé mi mano por su pantaloncito corto hasta llegar a su muslo desnudo.

—Siempre lista —murmuré jugando con los rulos de sus pelitos bronceados.

Nos levantamos y pasamos a su aposento. Lentamente me desnudó, acariciando cada pedazo de piel que quedó expuesto. Luego me ayudó a tenderme sobre la cama especial, colocando un almohadón debajo de mis piernas y otro pequeño bajo la curvatura de mi espalda. Quedé boca arriba. Jordi se desabotonó la camisa para mostrar un cuerpo majestuosamente escultural. Lo toqué por un segundo y luego cerré los ojos. Sus caricias se deslizaron sobre mi piel untada con aceites, penetrando cada poro desde la nuca hasta las nalgas con el agasajo de sus manos sabidas. En instantes ya estaba caliente y disfrutando los mimos, gimiendo con cada repaso, guiando con mis palabras su siguiente movimiento.

Bajó la sábana y jugó con mis tetas por un buen rato, sobándolas, estrechándolas, empujando la una contra la otra. Luego pasó al vientre, masajeando la cintura y el pubis. Cuando me notó burbujeante, se saltó a las piernas, rodando sus dedos sobre los muslos y las pantorrillas hasta llegar a los pies, donde me ofreció un masaje de reflexología para esa zona erógena. Yo me movía sobre el lecho susurrando mis instrucciones, excitada, disfrutando cada roce. Jordi me decía: «Tranquila, tranquila, que lo bueno llega al que sabe esperar, princesa deliciosa. No te sobrecalientes todavía, que te perderías lo mejor». Subió sus manos por entre mis piernas y llamó a su asistente. Otro hombre entró a la alcoba y empezó a masajear mi cabeza, colocando primero sus manos sobre mi frente y luego realizando movimientos circulares sobre el cuero cabelludo, primero con las yemas de los dedos y luego rascando en las raíces, fuerte y suave, suave y fuerte, de la cabeza a la nuca y a las orejas, entre los dos me hicieron sentir descargas de electricidad en todo mi cuerpo.

Jordi me pidió entonces que me diera la vuelta para cambiarme de posición. Ronroneando en éxtasis me coloqué boca abajo. El asistente continuó masajeando mi cabeza y mi nuca. Jordi empezó con los senos, aquellas mellizas regordetas y entregadas, siempre libidinosas y prestas a todo tipo de travesuras, luego pasó a la curva de la espalda y los dos montes que constituyen mi espectacular trasero. Yo lloraba de la maravilla de sensaciones que estaba experimentando mientras los dos me llevaban a las alturas del arrobamiento. Jordi masajeó mis nalgas y luego empezó a besarlas ligeramente con su lengua y sus labios. Me erguí sobre el almohadón que ahora estaba bajo mi vientre. Instintivamente quería ofrecerle mi culo. Jordi entendió que ya era hora y haciéndole una seña al otro muchacho cambiaron los movimientos para concentrarse en llevarme a la tierra prometida. Me voltearon nuevamente y el masaje se enfocó en los deseos de la Panchita, que abría y cerraba los labios y dejaba ver la lengua serpentina siseando dentro de la gruta, alentando a los muchachos a acercarse y tocarla con afán, tal y como se mima a un animal preciado. Con dedos y lenguas los dos sobaron, jalaron, acariciaron hasta que me sentí elevarme, grité delirante de placer y caí de nuevo mientras sonreía deleitada.

※※※

En lugar de concentrarme solamente en mi ciudad y luego pasar a otras, resolví saltar a otros Estados de una buena vez. Me decidí por Austin en Portland para mi siguiente despedida. Jordi y Liam me habían dejado ardiente y deseosa de más aventuras; y haría todo lo posible por obtenerlas antes de que fuese demasiado tarde.

Me hice el camino desde Washington hasta Oregón hambrienta. No me detuve a tirarme un polvito en el trayecto. Ni siquiera manejé con el vibrador entre las piernas como suelo hacer. Quería disfrutar el *bondage* de Austin, entregarme insaciable a sus juegos sadomasoquistas; pero para eso necesitaba limpiarme por completo, reprogramarme para recibir abiertamente lo que él tendría para dar. A mi cuerpo lo sabía domar como se le antojara. Mi mente, sin embargo, no era tan sumisa, y bajando por el trecho de grandes árboles no podía dejar de pensar en grosores y tamaños y la maravilla de la naturaleza que puede crecer hasta la inmensidad de envergadura que mostraban aquellas secuoyas.

Llegué hasta Portland hirviendo, con los aceites y los jugos bullendo por debajo de mi bikini, tal y como le gustaba a mi bandido de las ataduras. Estacioné frente a su edificio y, acomodándome el vestido sobre el cuerpo candente, me encaminé hasta la entrada. Un jovencito con disfraz de portero me abrió la puerta de vidrio y me encontré por fin frente al ascensor en el que me había citado con mi «amo». De solamente pensar en aquella palabra, «amo», me hacía reír, por su solemnidad y porque tantos se la tomaban tan en serio en estas cuestiones BDSM, pero al mismo tiempo me estremecía. Aquello no era de mi gusto para el diario, pero había algo acerca de ese hombre que me volvía golosa de él, de entregarle mi cuerpo para que hiciera lo que deseara.

Estaba puntual. Me arreglé el cabello y me paré frente al montacargas. Levanté la cabeza y vi que los números empezaron a descender. Primero el 9, el piso en donde vive él; luego el resto en cámara lenta, 8, 7, 6, 5, 4, 3, 2, 1. Mis piernas temblaban de la anticipación cuando por fin las puertas del elevador se separaron. Él me miró y sin decir nada me jaló hasta el pequeño espacio. Sentí una punzada de electricidad subiendo entre mis muslos y luego sus vellos apenas rozando los míos. Deseé que me tocara, pero me tuve que conformar con el velado juego que iniciaba él, privándome de lo que más quería.

—Mi divina ramera de Seattle... —susurró, acariciando brevemente mi nuca—. ¿Qué quieres hoy, bebé?

En su presencia me era difícil ser yo misma. Me sentía sobrecogida por su distinguida figura, su manera de hablarme, de tocarme en porciones diminutas, de aquella fragancia que me drogaba con sólo inhalar el aire a su alrededor. Sin contestarle, tomé su mano y la coloqué entre mis pechos. Él la retiro de inmediato y me sentí estúpida por salirme de sus parámetros.

—Te deseo... —le dije, acercándome hasta pegarme a él.

—Arrodíllate —contestó parco, sin inmutarse por mi gesto.

Me puse de rodillas frente a él. Un silencio nos envolvió. Escuché otra campanilla del ascensor. Íbamos por el sexto piso. Austin se sacó el cinturón del pantalón. Era una correa gruesa y llevaba una hebilla ancha, de color plateado, adornada con la imagen de dos látigos cruzados y las palabras «Amo de Sumisas». Quise sonreír, pero recordé que aquello lo indignaría, así que me guardé mis pensamientos para el viaje de regreso. Yo sabía que era una de las pocas mujeres que no tenían que comprometerse a ser sus "esclavas" para estar con él. No sé por qué, pero conmigo Austin no parecía sentir que todos sus reglamentos se tenían que cumplir a pie juntillas.

Me colocó la correa alrededor del cuello y jaló hasta que quedó apretada. Ubicó el palillo de metal dentro de un ojete especial y cerró, pasando los dedos lentamente por encima para asegurarse que todo estuviera en su lugar.

—Ahora ponte en cuatro, perrita —dijo.

Seguí su directriz y me premió pasando su mano por mi cabeza. Escuché otro *ding* y la puerta del montacargas se abrió para dar paso al fabuloso *penthouse* de Austin, quien jaló de la correa hasta forzarme a pasar del ascensor a su sala. La puerta se cerró detrás de nosotros y quedamos solos en ese amplio departamento. Bueno, yo pensé que quedamos solos.

Mi amigo me colocó en el centro del salón principal, un ambiente con pocos muebles y una vista espectacular a la ciudad frente a nosotros y a los bosques de árboles grandes y gruesos unos kilómetros más lejos. Nunca había estado en su casa antes, así que no sabía exactamente qué esperar. Las únicas veces que nos vimos en el pasado nos citamos en hoteles.

—Échate boca abajo y estira tus brazos y tus piernas para los costados —dijo él, y se sentó en un sillón frente a mí.

Hice lo que me pidió. Quedamos en silencio. Al rato Austin se levantó, se sirvió un trago con hielo y puso música *rock*. Cuando regresó, jaló de la correa con tanta fuerza que me obligó a quebrar la espalda y hundir el vientre sobre el suelo.

—¿Estás excitada? —preguntó.

—Sí —dije.

—¿Con quién quieres hacerlo?

—Contigo…

—¿Contigo… …quién? —preguntó de nuevo, jalando hasta donde daba mi cuello.

—Contigo tigo... —dije, empezando a reírme por lo ridículo de la situación.

—¿Quién? —dijo, sentándose sobre mi espalda, silenciando mi conato de carcajada.

—¿Austin? —contesté nerviosa.

—¿Quién? ¿Quién soy yo? —volvió a preguntar, jalando mientras subía la mano por la entrepierna.

Yo me sentía raramente excitada por su insistencia y la fuerza que estaba aplicando.

—Mi amo... —dije por fin, regalándole lo que quería escuchar.

Soltó un poco el cinturón y sentí que el aire regresaba a mis pulmones.

—¿Por qué eres tan puta? —preguntó mientras se tomaba un descanso.

Traté de voltear para mirarlo, pero no me lo permitió.

—Contesta —insistió mientras mantenía mi cabeza hundida en la alfombra.

—Porque me gusta corrérmela y me gusta que me la metan y me gusta que me la chupen y me gusta mamarla hasta que salga toda la leche caliente chorreando encima de mi cara —contesté.

—¿Y qué más? —dijo, levantándose para ir a buscar unos instrumentos que tenía sobre la mesa cerca de nosotros.

—Y que lleguemos rico... riquísimo —murmuré todavía mirando hacia el suelo.

—¿Y que te haga girones la ropa, que la corte hasta dejarte desnuda? —preguntó mientras cortaba mi vestido en tiritas.

—Lo disfruto mucho... muchísimo —gemí y me adentré en su juego perverso.

—¿Y que te amarre? —dijo, empezando a colocarme ataduras en todo el cuerpo.

—Sí. Que me amarres. Me gusta eso... amo... —contesté.

—¿Te gusta que otros piensen por ti, zorrita? ¿Te gusta perder el control? —preguntó y me dio la vuelta para pasar la soguilla por toda mi circunferencia, desde los tobillos hasta la cabeza.

—Me gusta lo que tú haces. No tienes idea de cómo me excitas, Austin... amo... —suspiré deseándolo dentro de mí.

—Pues ahora vas a saber lo que es bueno... Lo de los hoteles no es nada en comparación a lo que te voy a hacer sufrir ahora, mi querida perrita —dijo y colocó un arnés en mi cuerpo, haciendo lucir mi pubis y mis tetas.

Sentí el cuero y el metal tocando mi piel, erizando mis vellitos. Casi al instante siguiente, Austin jaló de unas poleas ligadas al arnés y me levantó hasta que quedé suspendida en el aire a la altura de sus caderas. Con un latiguillo empezó a fustigarme e inmediatamente me penetró con fuerza, empotrando su magnífico taladro dentro de mí. Yo sentía el dolor, pero mi cuerpo estaba sobrecogido por los relámpagos de excitación que fluían cada vez que él me tocaba, retirando y embistiendo sin detenerse, irguiéndose, zarandeando, engrosando descomunalmente. Me colocó un pañuelo oscuro sobre los ojos y retiró su imponente salchichón de mi cueva mojada. Yo me empecé a sentir mareada y creo que me desmayé pues no recuerdo en qué momento llegaron los otros hombres al apartamento de Austin.

Cuando me recuperé, sentí a varios cogiéndome en esa posición, suspendida en el aire, amarrada como piñata sin ningún respaldar para acoger mi cuerpo expuesto a los desenfrenos de aquella manada de machos dándose un festín. Lo disfruté por un instante, pero al rato cerré los ojos de nuevo y la siguiente vez que los abrí me encontré vestida y acurrucada en un sillón. La fiesta había finalizado y los invitados se habían ido.

※※※

Aquella orgía fue mi última. Mi cuerpo ahora frágil se negaba a cooperar físicamente con mis deseos. Me encolericé ese fin de semana después de regresar de Portland. Sentía que el maldito universo se estaba también robando mi oportunidad de una despedida feliz, de un adiós decoroso a esta vida. Deseaba follar con toda mi alma, pero no podía con el desgaste y el quebranto corporal que me redujo a una cama vacía.

Con el pasar de los días tuve una epifanía. Si bien era cierto que no podía dejar la alcoba, no había nada que me impidiese traer el mundo a mi cuarto. Uf, de sólo pensarlo me calenté de nuevo y, traviesa, dediqué el primer lunes de aquella semana a planear cómo lo haría.

Resolví crear un perfil en el Facebook. Me bauticé «Ninfa Cazadora» y, luego de decorar mi nueva guarida con sexualidad visible, abrí las compuertas a un mundo de desconocidos en Internet y salí a plantar banderolas con mi esencia de mujer fogosa por cuanto foro sexual encontré. Las respuestas no se hicieron esperar y aquel martes ya tenía cien pedidos de amistad, la gran mayoría de hombres jóvenes, aunque también de algunas mujeres quienes, como yo, andaban buscando excitarse con mensajes y fotos. Quién lo hubiera pensado, pero las palabras son también un afrodisíaco y las conversaciones en redes sociales te permiten coger con más de uno a la vez.

Sentada en mi cama, y con la portátil sobre mis piernas, sentí la humedad del deseo calentándome una vez más a medida que iba leyendo comentarios sexuales descarados y gozando fotos atrevidas en los muros de mis nuevas amistades. Sentí la lengua de la Panchita reavivarse y moverse sobre sus labios, que abrían y cerraban, despertando inquietos de las noches malsanas, sobándose rápidamente con la sinuosa de la delectación y luego los tres tocándose, palpándose ardorosos, sobre el algodón de mis bragas. Con una mano continué mi caminata cibernética, buscando estímulo voyerista, y con la otra empecé a manosearme, disfrutando de manera mayúscula aquel nuevo placer febril.

Al rato un muchacho empezó a chatear conmigo. Se llamaba «Wiyi Da Kit», quería saber dónde estaba yo para pegarnos una agarrada en persona. Le dije que probablemente no estábamos en la misma ciudad. Insistió. Quería que ponga la «cam». «¿Que es la cam?», le pregunté. «La cámara», contestó. «¿Oe no sabes nada, bb?», me impugnó. Me sentí un poco tonta y bastante agredida y lo mandé a rodar al Da Kit.

Pasaron segundos y otros dos me empezaron a hablar.

—Hola —dijo Yoti Lameto—. Oe Hola.

Me reí a carcajadas. Los nombres falsos que usaban estos tipos eran jocosos.

—Hola —contesté y dejé que él hablara de nuevo.

—Ke aces —dijo Chamaco Loko desde otra ventana de chat.

—Sintiéndome calientita —contesté.

—Ninfa eres de berdad? —preguntó Yoti.

—Nos exitamos entonces —intervino Chamaco.

—De berda. Necesito comérmela a kada rato. Cómo me ayudarías a kalmar mi palpitante conchita que esta que arde? —escribí en el chat con Yoti.

—Mmmmmm yo te mamaria bien rico tu conchita y cuando estes bien esitada te la untaria asta q te bengas despues de eso te la meteria bien rico te mamaria tus pesones y te pasaria mi lengua por tu colita asta q ya no aguantes y su pliqs q te la meta —contestó Yoti.

Sentí los rayos y truenos en mi Panchita y me sobé mientras disfrutaba cada palabra. Nunca imaginé que una conversación a través del computador pudiese ser tan estimulante.

—Oe, que kieres bb? —preguntó Chamaco.

—Komo me lo arias? —pregunté anticipando que su respuesta me haría hervir.

—te pasaria mi lengua recoriendo todo tu cuerpo lentamente de arriva asia abajo para luego kedarme en medio lamerte todo tu cochita i asiendo movientos circulares por tu clitoris para qe te mojes bien rica mamasita i pasar un buen rato ayi asta qe te bengas para luego penetrarte y qe te sigas viniendo una y otra ves asta qe qedes satisfecha de placer.

—se me salen los juguitos… —dije, metiéndome el vibrador.

—imajina q t tngo d torito y yo atras d ti lamiendotela y metiendot mis de2 —dijo Chamaco.

—me tienes palpitando como loka —contesté.

Estuvimos horas en estas idas y venidas, y la verdad que quedé adicta. No me importó que la enfermedad me estuviera consumiendo rápidamente. Tenía un bienvenido escape junto a mí.

Me fui marchitando mientras me duraron unos días más en este plan, delirante y pecaminosa, cogiendo cibernéticamente en el computador con varios a la vez. Morí contenta, en cama, seduciendo a un guapo muchacho y dejándolo pensar que él y yo lo habíamos hecho desde la A hasta la Z. Mi teclado se quedó fijo en «Ayyyyyyyyyyyyyyyyyyyyyyyyyyyyyyyyyyyyyy». Uy, qué risa. Me imagino que él les habrá contado a sus amigos que me dio tan duro con sus palabras que ya ni pude terminar la conversación.

✳✳✳

Cuando llegué hasta las famosas *Pearly Gates*, San Pedro me recibió diciéndome:

—Bienvenida al Gran Orgasmo… el *Big O*.

—¿El cielo es un orgasmo? —pregunté.

—El cielo es lo que tú quieras, disfrútalo por toda una eternidad —contestó abriendo la gloriosa reja.

El placer de las curvas

Xavi se entretenía durante las largas horas de trabajo bajo el sol veraniego comparando las bellezas anatómicas de las mujeres que pasaban por su puesto con la fruta que vendía en este. Era algo que había aprendido a hacer desde chico, cuando acompañaba a su tío Abdiel, el electricista, el que le conversaba de lo lindas que son las mujeres y le iba descubriendo, a veces en metáforas y otras en palabras subidas de tono, cada una de las partes agraciadas del género femenino. El tío Abdiel disfrutaba por igual a todas las mujeres que cruzaban su camino cada día, y es que eran muchas y estaban todas tan guapas que había que piropearlas, decirles cosas lindas, buscarles la lengua, que según él era la entrada al resto de ese parque paradisiaco que son las mujeres. «Xavi», le decía cuando terminaban de realizar una reparación y salían contentos y bien servidos de algún apartamento en donde la doña se desvivió por hacerles sentir cómodos, «no hay mujer fea, sino hombre que no sabe encontrar sus atractivos. A veces están allí encimita», decía gesticulando con las manos, como si estuviese agarrando algo en el aire, «a veces, hay que buscarlos más adentrito», continuaba y se reía de sus propias palabras.

Desde atrás del carromato convertido en frutería ambulante, y camuflado por escalones de estantes abultados con frutas de la estación, Xavi se la pasaba mirando a las muchachas del pueblo yendo y viniendo por las calles aledañas. Admiraba sus redondeces, estratégicamente aupadas dentro de la ropa interior, que él imaginaba de encaje blanco, que las ajustaba y delineaba. Se veía pasando sus dedos cerca de sus *culottes*, dejando ir con calculada pericia el broche de sus sujetadores. Imaginaba su mano fragante de mandarina subiendo por entre las piernas torneadas de esas mujeres esculpidas por el recio trabajo en el puerto cercano. En su mente se veía cabalgando las trabajadas hendiduras de las hembras de pelo largo, grueso, oscuro como la noche, negro como sus intenciones, incursionando con el fruto de su musa ardiente, saciándolas con esa leche con sabor a piña que sólo él podía ofrecer. Casi podía sentir el vaivén de sus curvas encima de su pecho, el regalo de ese olor a manzana verde, el sabor del mango en aquel delicioso monte y la pulposidad ilimitada del lulo bajo su lengua adicta.

Una tarde sudorosa, Xavi seguía con la mirada a una joven de proporciones esculturales mientras pelaba con nerviosismo una naranja jugosa. El olor cítrico se expandía sobre su puesto, refrescándolo de aquel infernal calentamiento de media tarde vacía de gente en las calles, cuando perdió de vista a la joven. Volvió a la piel que desvestía sobre sus manos y a la carne sabrosa que colocaba entre sus labios para chupar primero el zumo cuando se encontró con que la mujer, viendo cómo se puso al divisarla, había decidido cruzar la calle y darle el encuentro.

—Me llamo Maya... ¿y tú? —le dijo mientras palpaba la fruta.

Xavi quedó estupefacto. En su realidad las mujeres no le hablaban así como así. No atinó a responder. Lo único que hizo fue bajar la mirada y dejarla estancada en el ruedo del vestido veraniego de Maya.

—Recién nos mudamos para este pueblo y como siempre te veo en la esquina, me animé a pasar a saludar —confesó y lo miró con esa inocencia adorable de quien está irremediablemente perdida.

—Xavi... —murmuró con la vista todavía en el vestido.

De pronto el sol se movió en el cielo y ahora le pegaba por atrás a Maya, haciendo que su vestido se volviese transparente. Xavi sonrió al ver la braga de encaje blanco y el corpiño con broche delantero.

—Xavi... —repitió Maya mientras deslizaba sus manos por entre la fruta. A Xavi no le gustaba que le metiesen la mano a su fruta, pero en esa ocasión se imaginó que Maya lo tocaba a él—. No sé qué me provoca... Xavi, Xavi, Xavi...

Xavi sintió una punzada fortísima bajo el pantalón y luego la erección inevitable. Para tratar de distraer a su camarada involuntaria de fantasías escogió las primeras dos frutas que encontró a la mano y se dispuso a explicarle a la joven todo lo que sabía acerca de ellas.

No dijo más que cuatro palabras cuando ella se acercó al tembloroso Xavi y haciéndole un mohín burlón se pasó los dedos por sus carnosos labios y luego los viajó hasta los de Xavi, quien sólo atinaba a mirarla incrédulo, como si todo estuviera ocurriendo en cámara lenta y él estuviese viviendo una experiencia fuera de su cuerpo. Maya sonrió cuando colocó sus dedos húmedos sobre los labios de Xavi. Le excitaba buscar la reacción del muchacho.

Avanzó hasta que lo tuvo a la distancia ideal.

—¿Te gustan? —preguntó, tocándose traviesa los redondos senos.

Xavi miró con discreción.

Maya tomó su mano sudorosa y la ubicó en el valle desde donde crecían esas fabulosas cumbres. Trémulo, Xavi no sabía qué hacer con ese permiso. Miró hacia las calles que cruzaban frente a su puesto.

—No hay nadie. Todos duermen —susurró Maya moviendo la mano de Xavi sobre sus pechos—. ¿Te gustan? —repitió casi socarrona.

Xavi hizo un gesto y cerrando los ojos se dejó llevar por el momento y la mano de Maya. Cuando se dispuso a besarla, ella se separó de él y sin decir nada se marchó.

❋❋❋

A la siguiente tarde Maya regresó para encontrarse con un frutero arrebolado por la espera, la pasión que la muchacha le había despertado y el calor endemoniado. Esta vez estaba preparado. O eso fue lo que pensó.

Desde lejos la vio venir.

La valentía de macho encabritado se le fue desmoronando con cada paso que ella daba con sus rotundas piernas, que acababan en un esférico trasero, y el movimiento rítmico, casi hipnótico, de las curvas que se acentuaban en las amplias caderas para luego formar el intenso sendero que iba desde las entradas de su cintura hasta las cimas y los valles de sus pechos. En un momento, mientras cruzaba una avenida plena de tráfico, se detuvo y volteó para gritarle a un conductor que por distraído casi la atropella; fue entonces que Xavi pudo distinguir la "S" extrema que se formaba al terminar su espalda e iniciar su bello culo.

—¡Xavi! —llamó Maya terminando de cruzar hasta llegar a la medianera—. Espérame. No te muevas —continuó mientras caminaba a paso rápido hacia él.

Xavi la saludó. En lugar de esperarla en la parte de atrás de su puesto, escondido como siempre por los estantes de fruta, se había parado frente a este y la admiraba embelesado desde hacía rato. Cada paso de ella era como un tambor de llamado dentro de él a sus sensaciones más primitivas, cada movimiento de su cuerpo un estremecimiento del de él. Mientras más cerca se encontraba Maya a su destino, más le temblaban las piernas a Xavi, más le flaqueaban los brazos, más le hacía piruetas el corazón, más su mente aullaba con placer, más sus ojos se enfocaban con lujuria, más su boca salivaba con anticipación.

Escuchó la risa cristalina de Maya al llegar junto a él. Todo acerca de ella era tan refrescante como un jugo de piña en pleno verano. Deseaba probar su sabor, detectar el dulce y el ácido, y gustarlo por una eternidad en su paladar. Anhelaba pasearse por esa selva alegre que imaginaba su cuerpo y catar lo exótico en su pulpa tropical.

—¿Me extrañaste? —preguntó mientras pasaba su mano de mujer apetecida por encima de los plátanos que colgaban de la esquina del carromato, su cabello suelto ondeando libre.

—A ti te gusta encender el fuego, pero no quieres quemarte, ¿no? —respondió serio y se acercó a ella.

—¿Cómo? —contestó inocente, aunque dejó que sus tibios dedos caminaran por los de la mano del frutero.

Xavi la envolvió con la mirada. Deseaba su olor forastero entre sus brazos, sus zumos bañándole el torso, las olas de su cuerpo meciéndose bajo el mástil de su barco. Ya no era el momento de quitarse la excitación partiendo un maracuyá para distraerse con la exhalación fragante de sus entrañas. Ni tendría el tiempo de irse al baño para follarse una papaya, como hacía cuando las ganas por las mujeres que pasaban por su puesto lo dejaban al borde de la locura.

—Ven acá —le susurró Maya al tiempo que lo empujaba hacia atrás y lo besaba en la boca.

Xavi se sintió transportado apenas sintió los labios gruesos de Maya sobre los suyos. Ella succionaba y tiraba de su lengua con gusto. De rato en rato pasaba su lengua por la parte de afuera de sus labios y luego recorría parte de su rostro, hasta llegar al lóbulo de la oreja e introducirla lentamente en ese espacio con la clara intención de estimular sus zonas erógenas.

En un momento en que los dos habían pausado para tomar aire, Maya preguntó qué guardaban en el local detrás de ellos.

—Nada. Es un viejo almacén —contestó Xavi y se lanzó a mordisquearle la oreja y pasar sus manos por la nuca de la muchacha, haciéndola gemir quedito.

—¿Tienes la llave? —preguntó Maya.

—¿La... llave...? —jadeó Xavi, tratando de encontrar la mejor manera de pasar a tocarle ese trasero que lo tenía trastornado.

Maya empezó a temblar y le preguntó por la llave de nuevo. Una chispa de lucidez destelló en el cerebro de Xavi:

—Claro que tengo la llave. El dueño me deja guardar fruta adentro.

—Búscala y abre. Apúrate —suplicó Maya pegándose a él para que sintiese su cuerpo casi desnudo bajo esa fina telita de vestido de verano.

Luego de varios intentos para abrir, pues la mano le temblaba a Xavi de la antelación, los jóvenes ingresaron a un local oscuro. Xavi la abrazó con excitación y la extendió sobre una góndola refrigerada repleta de fruta. Una mezcla con los olores predilectos del muchacho surgió de entre esa masa de cuerpos y fruta en que se convirtió el estante inclinado, precisamente posicionado para hacer el amor. No tenía suficientes manos para tocar en una repasada todos los atractivos de Maya, así que se conformó con avanzar de frontera a frontera, iniciando en el redondel del vestido y luego subiendo por todas las maravillas que Maya ofrecía y a las que se aprestó a visitar con curiosidad de niño en parque de atracciones.

Pronto los dos estaban ya perreando con gran energía encima de la fruta. Xavi se animó a voltearla y Maya se dejó. Él sonrió. Sería la primera vez que se enfrentaba a un verdadero culo de mujer. El muchacho tocó su espada, se aseguró que estaba en su punto y enfiló hacia la puerta redondita en medio de los dos balones paraditos. Maya se agarró de los lados de la góndola y respingó su cuerpo para recibir a Xavi.

¡ZAS! La pértiga le dio de una sola al objetivo y penetró con perfecta distinción. Xavi se felicitó mentalmente por la destreza casi profesional y arrancó a meter y sacar con fuerza. De pronto escuchó a Maya gritando: «Allí, Allí, Allí». Y él con más ganas le daba al sable, entrando y saliendo, saliendo y entrando, entrando y saliendo. Y Maya que gritaba más fuerte: «ALLÍ, ALLÍ, ALLÍ». Y Xavi que con toda su fuerza la penetraba.

Hasta que un momento la muchacha se zafó y cayendo en el suelo, al tiempo que varias piñas caían a su costado, le dijo:

—¡Bruto! ¿No me escuchas diciendo: «Ay, Ay, Ay»?

—Pues yo pensé que decías: «Allí, Allí, Allí» —contestó abochornado y apresurado buscó su ropa para vestirse y salir del local lo más rápido posible.

Al verlo tan avergonzado, Maya se le acercó y sensualmente le quitó cada una de las prendas de sus manos y arrodillándose frente a él le pidió perdón y luego le dijo algo que a Xavi nunca se le olvidará:

—Enséñame cómo chupártela para excitarte al máximo.

***

Desde esa primera tarde, Xavi se convirtió en el maestro de Maya. Bueno, así le bautizó ella. Maya siempre le venía con las cosas más inusuales y le pedía que le enseñara cómo hacerlas. A veces Xavi tenía que buscar cómo instruirse en el tema y le aplazaba la clase hasta el día siguiente. En cada encuentro estrenaban algún nuevo movimiento, como la vez que Maya le pidió que se lo hiciera de cabeza y Xaxi no encontraba cómo agarrarla en posición para que no se le cayese y cogerla de una manera tan incómoda, tanto que la mitad de las veces el pobre se terminó follando a la mitad de las frutas, aunque igual las lavó y las vendió. O aquel día en que Maya trajo un bolsón repleto de juguetes sexuales y le hizo probar todos y cada uno de ellos hasta que las baterías se murieron de un gran estertor mientras Maya chillaba del placer por los múltiples orgasmos logrados. Pero lo más extraño sucedió cuando Maya se apareció con una mujer mayor.

—¿Este es él? —preguntó la mujer sin siquiera saludarlo y empezó a medirlo con la mirada, incomodándolo cuando se acercaba para verlo mejor, como si se tratase de un espécimen a la venta.

Xavi fue a preguntar qué estaba sucediendo, pero Maya lo calló poniéndole el dedo en la boca. Ella parecía más interesada en ese momento en lo que la mujer tenía para decir.

Después de unas vueltas la mujer se detuvo y suspiró.

Maya se acercó y le preguntó en susurros:

—¿Y? ¿Qué te parece?

—No es lo mejor que he visto en mi vida, pero tendrá que ser… ¿Qué sabe hacer?

—De todo, casi. ¿Lo quieres probar?

La mujer suspiró de nuevo y asintió.

Maya se acercó a Xavi y lo acarició de arriba abajo. Él quiso renegar por lo que acababa de suceder y porque la mujer seguía parada mirándolos, pero Maya no se lo permitió, lo tomó entre sus manos y lo besó, dejándole gustar su lengua movediza por un largo rato.

Ya Maya lo tendía sobre una cama de suaves plátanos cuando Xavi sintió algo fuera de lugar, era la boca de aquella otra mujer. Xavi intentó quejarse, pero nada más que un gemidito salió de su garganta. Trató también de retirarse, pero aquellas caricias lo enloquecían. Era Maya tocándole por todo el cuerpo y esa extraña colocando su grueso falo en su boca diestra para mimarlo con la lengua y los labios, metiéndolo y sacándolo cada vez con mayor rapidez y mirándolo sensual mientras se lo hacía hasta que el muchacho no pudo más y explotó en la boca y la cara de esa mujer que parecía estar pasándola de lo más bien.

—No está mal… —dijo la mujer mientras se lamía los labios—. ¿Me parece o esto sabe a piña? Tendrá que revelar su secreto…

—Te dije… Ya viste… —dijo Maya entusiasmada.

Recuperando su aliento, pero todavía algo erecto, Xavi preguntó:

—¿Qué fue esto?

Las mujeres se miraron. La mayor sonrió e hizo un gesto, como dándole permiso a Maya para hablar.

—Esto podría ser tu vida, si te dejas, cariño.

—No entiendo. ¿Para hacerlo contigo, tengo que hacerlo con ella?

—¿Te gustó o no?

Xavi asintió.

—Entonces, no te hagas el mojigato.

—¿Podrías conseguir otros amigos para hacerlo?

—¿Más hombres? ¿Cuántos? ¿Cuántos hombres necesitan para satisfacerlas?

Maya y la mujer se echaron a reír.

—No para nosotras solitas, tontín. Esta es mi mamá. Se ha retirado de *madame* pero está aburrida. En los pueblos las mujeres andan aburridas sexualmente y por eso los hombres van a los burdeles… ¿Sí? ¿Qué tal si hacemos un lugar en donde las mujeres vengan a pasársela bien con otros hombres y a la vez a aprender cómo se hace un buen oral, un culeo, un beso francés…

Xavi la miraba sorprendido, pero no podía dejar de pensar en lo rico que lo pasaba con Maya. Corrección: con Maya y su mamá… mamacita.

—¿Un burdel para mujeres?

—¡Ay, Xavi, no te olvides que la cosa es educativa! Vamos a llamarlo Batidos del Paraíso. Tú alquila todo el local. Todito. Adelante va la frutería y el mostrador para hacer batidos. Y atrás, pasando la puerta del costado, ponemos el tallercito para que las mujeres de este lugar aprendan a sacarle lo máximo a su ejercicio sexual. ¿O eres un machista que piensa que las mujeres no deberían excitarse rico y pasarla de lo más bien en la cama?

Xavi negó con la cabeza:

—¿Creo en la igualdad de los sexos…?

—Eso, Xavi, eso. Ya verás que te cambiamos la vida, te la hacemos más divertida, más sexi, y encima te hacemos millonario.

—Eso me gustaría…

❊❊❊

Y así comenzó el original Batidos del Paraíso. Ya llevan docenas de locales abiertos, sobre todo en las ciudades costeras; y aunque no son millonarios, viven bastante bien. Si algún día te cruzas con un local, anímate, entra y pregunta si allí dan clases de "batidos". Lo más probable es que la respuesta sea sí.

El gran poder de ser humano

Llegó a nuestra villa en medio de la noche. No supe eso a causa de la oscuridad, pues vivíamos en constante tiniebla, lo adiviné debido a que ya nos encontrábamos en el ciclo prescrito para dormir. Mirelka fue la primera mujer erudite que conocí en mi vida. Vestía diferente a nosotros, de una manera majestuosa, con ropajes vaporosos de colores brillantes, cegadores a nuestra vista acostumbrada al negro como único color. Era la víspera de mi cumpleaños. Cumpliría doce por fin y sería enviado a un campamento lejano en donde me harían trabajar veinte horas diarias. Mi madre dijo hasta su último aliento que de no haber sido por Mirelka, nuestra civilización nunca habría conocido nada acerca de su verdadero legado y hubiese permanecido esclava de nuestro monarca, El Gran Tuit V. Yo nací cuando reinaba su padre, Benigno Tuit IV, quien instituyó las burbujas de instrucción. Estas eran unas cápsulas individuales en las cuales de manera solitaria adquiríamos conocimiento del mundo y compartíamos, en ciento cuarenta caracteres o menos, información con extraños.

Nunca antes había visto un libro hasta el día en que Mirelka apareció de súbito, materializándose en nuestra villa en una nube radiante que nos despertó atónitos. Cuando pasó la sorpresa, corrimos hasta ella. Al verla nos sentimos desnudos y monstruosos por primera vez, las costras en la piel endurecida por el frío de las cavernas nos daban la apariencia de seres amorfos con la rugosidad de rocas sedimentadas. Ante la presencia de Mirelka nos inundó una vergüenza antes desconocida, al mirarnos nos vimos frente al espejo que eran nuestros hermanos y sentimos la necesidad de cubrirnos.

Mirelka nos saludó en un lenguaje que se nos hizo naturalmente conocido, aunque no pudimos entender a cabalidad lo que nos dijo. Nunca habíamos interactuado con uno de los seres de "Allá Arriba", los pocos que quedaban en el mundo criados en un ambiente de opulencia, educados en escuelas con maestros, en lugar de capsulas con torrentes de información inservible. Mirelka venía de la civilización resguardada que todavía hablaba en oraciones y párrafos completos de más de ciento cuarenta caracteres. los únicos restantes de la civilización y la cultura pretuitera.

Mirelka traía con ella algo que nunca habíamos visto, lo llamó el *Libro de las verdades*. Su misión era viajar a los sitios más recónditos y diseminar información acerca de nuestra verdadera naturaleza, de nuestro verdadero propósito. De pie, en el centro del rudimentario pueblito, cerca de la cocina comunal y la pileta que a la vez servía de manantial para beber y de bañera, estaba yo, mirando con los ojos desorbitados la imponente majestuosidad de Mirelka. Vi que los otros también la observaban estupefactos.

1;500, el mayor de nuestra villa, habló primero y el contador de ciento cuarenta caracteres o menos dio marcha.

—Kin ers? D on vens? #VenditoTuitV.

Mirelka le pidió que borrara la aseveración escrita en el *hashtag* pues le ofendía, pero 1;500 le contestó que era nuestra obligación escribirlo, forzándonos a ser más concisos y archivando todas nuestras conversaciones en el ordenador de la familia real tuitera.

Mirelka no tenía la restricción de tener que comunicarse con ciento cuarenta caracteres o menos. Los erudites eran una civilización remota, del segundo milenio, y que de alguna manera había logrado separarse de la humanidad y mantenerse inmune a los efectos de las redes sociales.

—Vengo hasta ustedes enviada por los erudites. Mi cultura ha sido resguardada a través de este último milenio. Queremos ahora rescatarlos, romper las cadenas de su esclavitud y ayudarlos a reconquistar el espacio bajo el sol que ustedes llaman "Allá Arriba".

—Kmo yeste aki? #VenditoTuitV —preguntó 1655, una vieja que pronto tendríamos que apedrear a muerte ya que sus días productivos habían acabado.

—Allá Arriba existen los súper poderes. Los sabios de Erudite me encargaron hacerles llegar las buenas nuevas. He podido llegar hasta ustedes sin que los guardias me puedan detectar. Solamente ustedes me pueden ver y solamente yo escucho esta conversación.

—Kmo K pedrs? #VenditoTuitV —dijo el contador mayor, 400-666, a quien se le encargaba la tarea de asegurarse que la población se comunicase únicamente con las frases ofrecidas en el *Tuitcionario*, al cual accedíamos constantemente para buscar frases prefabricadas puesto que en el tercer milenio, y en la grandeza de la civilización tuitera, la humanidad, a excepción de los de Allá Arriba, había perdido la habilidad de comunicarse.

Mirelka miró a todos lados con la dulzura de una madre y la impaciencia de un padre. Continuó diciendo:

—Esta noche les revelaré datos y realidades del *Libro de las verdades*, y mañana me llevaré un niño que celebra su duodécimo cumpleaños. Él irá Allá Arriba conmigo y recibirá entrenamiento en súper poderes. Él podrá traer de regreso una habilidad excepcional que escogerá con mucha meditación; y, convertido en erudite, entrenará a un niño cuyo cumpleaños número doce esté al canto del tiempo. Solamente así podrá la Tierra regresar a ser el planeta que fue, con seres humanos de todas clases gozando de sus bienes naturales y de la interacción profunda que únicamente la comunicación verdadera puede conceder.

Mirelka nos pidió entonces que nos sentáramos en un círculo alrededor de ella y que nos tomáramos de las manos. Todavía con miedo, y sin saber qué sucedería, nos tocamos. Hasta ese entonces solamente las mujeres eran permitidas ser acariciadas cuando iban Allá Arriba para ser fertilizadas por los seleccionados en el ejército tuitero. Primero se acercaron las puntas de los dedos; luego, poco a poco fuimos engarzando palma contra palma, dedo entre dedo. Fue entonces que sentí esa emoción de tocar a otro ser humano recorriendo mi cuerpo y me dije a mí mismo que ocurriera lo que ocurriera, aquella era una sensación que definitivamente quería volver a experimentar.

Una vez que estuvimos todos tomados de la mano, Mirelka abrió el *Libro de las verdades* y con una voz que incitaba todos nuestros sentidos dijo:

—Antes del advenimiento del primer tuit, el hombre y la mujer estaban permitidos de mirarse a los ojos, de agarrarse de las manos, de besarse en la boca. Estaban permitidos de dialogar y expresar sus emociones —reveló mientras todos la mirábamos con los ojos tremendamente abiertos, más por la tibieza sin igual de las manos engarzadas que por sus palabras, pues ninguno entendía mucho de lo que Mirelka nos decía—. En el milenio en donde reinamos los eruditos, el hombre y la mujer estaban permitidos de tocarse íntimamente para fertilizar y crecer hijos.

—Pe' slo Alla rba peden hcr bbs #VenditoTuitV —dijo una mujer que acababa de regresar de la superficie donde brilla el sol con una niña en su vientre, cuyo padre era un soldado al servicio de un pariente de Tuit V.

—Esa es una mentira —aseveró Mirelka, y señalando a una pareja joven les dijo—: Les dejaré instrucciones y ustedes serán los primeros en hacer el amor Aquí Abajo; y germinará de ese amor una nueva raza a la cual protegeremos, llevándolos de uno en uno a convivir con los eruditos para que aprendan todos los conocimientos de una civilización maravillosa que fuera despojada por la tuitería. Pero eso sí: todos tienen que ayudar y nadie le puede decir nada a los guardias —pausó y nos miró a los ojos—. ¿Les gusta lo que sienten ahora que sus dedos se entrelazan?

—Zi #VenditoTuitV —contestaron al unísono.

Mirelka sonrió.

—Si siguen mis instrucciones, podrán sentir eso y más siempre. Incluso podrán morar y sentir el sol todos los días Allá Arriba. Y su piel será tersa y podrán usar ropas limpias, coloridas y delicadas como las mías.

Al llegar cerca de la hora del retuit, el momento de alabanza vespertina al supremo Gran Tuit V, Mirelka preguntó:

—¿Cuál de estos niños hoy cumple doce?

Mi mamá me señaló. Podía ver en su mirada el miedo de perderme pues justamente ese día me entregaba a la maquinaria que permitía la permanencia de los Tuits en el poder.

—Tndria pdr de hserlo nino de nvo? #VenditoTuitV —preguntó. En nuestra villa mi mamá todavía conservaba cierto talento para la escritura. Su padre fue un erudite, pero durante la Guerra de los Mil Tuits el abuelo fue arrestado y ella, una niña todavía, huyó Aquí Abajo.

—¿Tú eres la hija de K.A Omeni? —preguntó Mirelka acercándose a mi madre.

—Me llamo Z4001 #VenditoTuitV —contestó mi mamá.

—Pero tu verdadero nombre es Gilea Omeni —Mirelka reveló y abriendo el *Libro de las verdades* mostró una foto de mi mamá y su padre cuando vivían Allá Arriba.

Mi madre alargó el brazo para tocar la foto. Años habían transcurrido y ella no había tenido ningún tipo de contacto con su familia. Miró a Mirelka a los ojos y asintió, sobre la piel empedrada de su rostro las lágrimas que no lloró en el pasado rodaron y cada grieta quedó humedecida.

—Lo podría convertir en un bebé de brazos si quieres, y así mantenerlo seguro en tu regazo por otros doce años. Pero eso no es lo que realmente deseas —Mirelka aseguró. Mi madre asintió como hipnotizada por la cadencia de la voz de Mirelka, la congruencia con que entrelazaba verbos, adjetivos y sustantivos, llevándola a su niñez creciendo entre los erudites—. Me lo llevaré y lo llamaré Omeniet, en honor a tu padre, nuestro mártir.

Mirelka me tomó de la mano y en un instante desaparecimos y aparecimos Allá Arriba, en Erudite.

Luego de entrenarme en gramática y vocabulario, y mantenerme a tiempo completo en la Unidad de Desconexión de Redes Sociales, los erudites me enseñaron a dialogar; más adelante, a pensar por mí mismo; y, finalmente, el arte del debate inteligente. De toda la experiencia, las primeras semanas desconectado de la Gran Red fueron las más difíciles. No sabía que Tuit V manejaba a nuestra raza mediante la adicción absoluta al conocimiento inútil.

Allá Arriba los súper poderes estaban a disposición de todos, aunque rápidamente percibí que eran unos pocos los que tenían acceso a los verdaderos poderes. En cada ciudad que visitaba conocí a personas que gastaban lo que no tenían y terminaban debiendo su vida y su familia a Tuit V por seleccionar poderes que luego resultaban "fallados". Mientras los Tuits podían volar por horas, la gente de pueblo salía para un paseo dominical y caía estrepitosamente a medio vuelo. Cuando se acercaban a quejarse, los agentes de los Tuits se reían de ellos y les pedían moneda encima de moneda para conferirles sus deseos.

En otros lugares conocí a pobladores que viéndose pobres de creuits, la unidad monetaria, simplemente pedían súper poderes que resultaban tontos, como el de ver a través de la ropa. Yo me reía y pensaba: *Si supieran que Allá Abajo todos andamos desnudos.*

Me enteré también que algunos hombres pedían el poder de siempre tener su pene erecto pues Aquí Arriba sí podían usarlo cuando quisieran. El problema era que las mujeres estaban reservadas para copular con quien a la familia real tuitera le pareciere; así que, al escasear las mujeres, el súper poder o se convertía en una molestia voluminosa que los enloquecía u optaban por tener relaciones sexuales con otros hombres y así aliviarse.

Un día, caminando por Erudite, le pregunté a Mirelka cuál sería el súper poder que me convendría elegir. Se detuvo y colocando sus brazos alrededor de mi espalda y acomodando su frente sobre la mía me transmitió una visión que hasta entonces únicamente moraba en sus pensamientos. En ella me vi mayor, como de la edad de los hombres que van al servicio militar. Vestía unos ropajes antiguos y vaporosos, como los de los eruditos. Me encontraba en un gran salón, rodeado de eruditos y tuiteros. Dialogábamos como si fuéramos iguales y llegábamos a un acuerdo de paz que liberaba a mis hermanos de Allá Abajo y a mis amigos, mi familia en Erudite.

—¿Es el poder de ver en el futuro? —le pregunté. Ya para ese entonces hablaba correctamente y en oraciones completas y no bendecía a Tuit V después de cada frase.

—Es el poder más grande, el más importante…
y tú eres el escogido para apreciarlo primero y
transmitirlo a los demás… —dijo Mirelka, todavía
asiendo mi mano entre las suyas.

—¿Qué poder puede ser mejor que saber el
futuro?

—¿Acaso no lo sabes?

—Si no es volar, ni leer mentes, ni tener la
inteligencia de todos los ordenadores en Tuit… ¿qué
puede ser?

—Es el poder de ser humano. El más simple
pero el más poderoso. Y tú eres el elegido para
reactivarlo en este mundo… Difúndelo: #Lo humano
me gusta más.

Comemierda

Como persona, Juan Carlos Salazar era una mierda. Él era una mierda. Su vida era una mierda. Su boca marrón, de labios gruesos, abultados, surcados por piel seca colgando de las comisuras, eran los de un comemierda.

Esa mañana salió el sol para todos menos para Juan Carlos Salazar, él arrastraba los pies debajo de una nube gris y ya de camino al trabajo empezaron los problemas. Que si el perro del vecino se orinó en sus zapatos nuevos mientras esperaba el autobús. Que si el conductor del bus cerró la puerta antes de tiempo, dejando el meñique de Juan Carlos Salazar señalando hacia la distancia mientras él berreaba de dolor y le gritaba al chofer que se detenga. Que si su jefe lo esperaba con una torre de reclamos apenas tomó asiento en su cubículo esa mañana.

Después de escuchar la letanía de ineptitudes asignada a su persona por su supervisor, a Juan Carlos Salazar no le tocó otra que sonreír, agradecerle al jefe por las críticas constructivas e iniciar la jornada sintiéndose frustrado.

Al encender la computadora sintió que un pedazo de piel seca cayó de sus labios al teclado y al tratar de sacarla con sus dedos voluminosos se quedaron las teclas pegadas hasta hacer que se abriera en el monitor un portal que él no había visto antes. Resoplando por sus estrechas fosas nasales, tan desmesuradamente engrosadas que apenas dejaban pasar aire, el elefantiásico hombre se acercó al monitor para ver mejor aquella página en Internet que parecía haber cobrado vida propia y ahora navegaba de una pantalla a otra sin necesidad de interacción. En el monitor aparecieron imágenes de Juan Carlos Salazar, cada cual más lúgubre que la otra y por primera vez él se vio a sí mismo tal y como era: una mierda, que tenía un trabajo de mierda, que celebraba los chistes del imbécil de mierda que era su jefe, que vivía en un cuchitril de mierda, que convivía con una mierda de mujer que lo trataba como un comemierda, que no tenía ni mierda de amigos, ni sabía por qué mierda su vida era una gigantesca mierda.

Después de unos minutos de incesante movimiento de una página a otra, la pantalla descansó. Y al siguiente instante le planteó una sola intrépida pregunta que lo asustó tanto que lo puso a hipar sin cesar: «¿Qué quieres de la vida, mierda?». Juan Carlos Salazar se quedó mirando la pantalla, hipando y resoplando como un hipopótamo en el asiento que le quedaba pequeño para sus glúteos que eran de seguro "máximos". «Quiero más», dijo al cabo de unos segundos buscando un pensamiento inteligente en su cerebro de mierda en donde todo lo que tenía en realidad eran pedazos de mierda y conexiones cerebrales hechas mierda. «¿Quieres más?», preguntó el computador. «Sí...», respondió él, emitiendo un suspiro que más parecía un relincho.

—Pero ¿qué quieres, comemierda? —preguntó la computadora en una voz cuya frecuencia únicamente Juan Carlos Salazar podía escuchar.

Los ojos del hombre se pusieron virolos y pujó para pensar.

—Quiero sentirme poderoso —contestó él, sobando sus dedos de elefante sobre sus labios de náufrago.

—Yo también —contestó la computadora—. Hazme clic en *enter* si quieres que sea tu asesor portátil.

—¿Y qué significaría eso? —susurró Juan Carlos Salazar.

—Significaría que estaré contigo adonde vayas. En lugar de estar en este bodoque de ordenador me daría un salto a tu teléfono y desde allí te daría instrucciones para que seas cada vez más poderoso.

Sin pensarlo dos veces, Juan Carlos Salazar le pegó con su imponente dedo al *enter* y al instante apareció un mensaje en su móvil: «Vámonos temprano».

—Pero es que no puedo... —empezó a gimotear Juan Carlos Salazar. Su tono era agrio. Terriblemente agrio.

«Claro que puedes», contestó el teléfono.

—Pero... ¿cómo? Mi jefe se dará cuenta y se pondrá furioso. Si hasta me pueden despedir, y yo para lo único que sirvo es para hacer este trabajo donde cuento mierdas todo el día —dijo.

«Levántate», ordenó el teléfono.

Juan Carlos Salazar se puso de pie, pero al ver a su jefe acercándose se volvió a sentar.

«DÉJAME PONERLO EN PALABRAS QUE ENTIENDAS: LEVÁNTATE, MIERDA», comandó el teléfono. Esta vez el mensaje escrito completamente en mayúsculas lo aterró. Ese aparato le estaba gritando. Juan Carlos Salazar se levantó de un brinco. Su jefe doblaba la esquina en el largo pasillo de cubículos. «Ve hasta el elevador y baja hasta el garaje ejecutivo», instruyó el móvil. Y esta vez Juan Carlos Salazar obedeció ciegamente.

Al llegar al estacionamiento, el teléfono ordenó: «Ve al Mercedes de tu jefe y con tus manos arranca los espejos de los costados y con esos espejos rómpele todos los vidrios».

Juan Carlos Salazar miró al teléfono para discutirle el plan, pero apenas pensó en hacerlo sintió un ardor de electricidad que le quemó la muñeca y le levantó el brazo a lo alto, por encima de su cabeza, en actitud de sumisión. «Heil Hitmóvil», se escuchó decir, la electricidad todavía pasando por su cuerpo dejándolo más mierda de lo que ya era.

Apenas pudo bajar el brazo se acercó al auto de su jefe y con una fuerza que desconocía jaló el espejo del lado del conductor, logrando sacarlo de raíz. «¿Viste que sí puedes?», celebró el aparato y Juan Carlos Salazar sintió el poder circulando por sus venas junto con la mierda que tenía por sangre.

Ya sin titubeos, se acercó al segundo espejo y con sus manos de rinoceronte lo asfixió hasta que el vidrio se rompió y el metal se venció. *"How do you like me now?"*, cantó en victoria el hombre y con mugidos de toro arremetió contra el elegante convertible rojo, golpeándolo con los espejos en ambas manos, arañándolo, magullándolo, destrozando sus vidrios y vejando sus faros hasta que del miserable lujo del jefe no quedó sino añicos regados por todo aquel nivel del estacionamiento.

Enloquecido con el súbito comando de su destino, Juan Carlos Salazar continuó apaleando cuanto auto encontró disponible en la cochera. Se ensañó particularmente con los coches rojos, a los cuales sometió a las bajezas más fuertes que pudo idear con la asesoría del teléfono.

Ya fuera del edificio de oficinas, se vio con las manos manchadas por el rojo de los autos que marcó con llaves. Se dio cuenta que pedacitos de vidrio blanco, transparente, y rojo colgaban de su ropa y recordó que en un momento en que se encontró fuera de sí escribió sobre el auto de su jefe, con la punta de una cuchilla suiza, un mensaje particular y que encima lo había firmado.

Caminó unos metros y cayó de rodillas, agobiado por el peso de su vileza, agotado por el ejercicio punitivo.

—¿Qué he hecho? ¿Qué he hecho? ¿Qué he...? ¿Qué...? —murmuró cada vez más agitado hasta que colapsó en la acera, no sin antes aplastar a una pequeña mujer gitana que escuchando sus sollozos y pensando que podría lucrar de la mala suerte de aquel gigante empequeñecido, se acercó para ofrecer leerle la palma.

❋❋❋

Juan Carlos Salazar abrió los ojos horas después en la enfermería de la comisaría. Vestía lo que visten los reos, solamente que en su caso todo le quedaba apretado. Mustio, marchito, con los labios más áridos que nunca, si eso fuera posible, despertó a tiempo para ver cómo le quitaban el teléfono y lo ponían en una cajita con todos sus efectos personales. Lo acusaban de vandalismo, le explicó una mujer policía y luego le dijo que seguramente pasaría un buen tiempo en alguna cárcel de mierda.

—¿Cárcel de mierda? —preguntó él.

—Sí señor, así como me oye: cárcel de mierda. Usted ha causado mucho daño... mucha pérdida material en su arranque de destrucción —respondió ella terminando de hacer inventario de las cosas que se llevaba al depósito.

—¿Por qué? ¿Por qué tuve que hacerle caso? —murmuró Juan Carlos Salazar para sí mismo.

—Porque eres un comemierda pero no te preocupes que ese defecto tuyo ahorita mismo lo manejo yo —contestó la radio de la mujer policía mientras ella se alejaba de la enfermería.

Te veré en el clímax

De casados ya tenían más de un cuarto de siglo. De enamorados, se iban por la tercera década. De amantes, desde su juventud.

El verano antes de empezar la secundaria, ella lo vio pasar en su bicicleta, el torso descubierto, su piel bronceada de fin de temporada resplandeciendo bajo el sol, sus cabellos de cantante de *rock* flotando en la caricia del viento que arrancaba a vaticinar una tormenta. Desde su ventana, no pudo dejar de apreciar sus músculos de hombre ya formándose, dejando sobre el asfalto los juegos de niño, la sonrisa que cambiaba a un color seductor junto con las hojas en los árboles acomodándose para recibir el agua del cielo, y, por supuesto, el guiño que le brindó cuando la percibió oteándolo desde lo alto de su torreón de princesa.

Ella lo buscó el primer día de clases. Batió sus alas de mujer frente a él como codiciada prenda, destiló su perfume cargado de juveniles feromonas en los pasillos que él transitaría. Lo sabía cazador y adrede se convirtió en deseada presa.

Él fue su primero, su único. Lo hicieron bajo los graderíos en la cancha de fútbol. Era el lugar usual para las parejitas. Luego fueron buscando rincones más osados. La cafetería, tan cerca de las vetustas mujeres bigotudas que casi podían tocar los alámbricos vellos de sus piernas; el laboratorio de química, una tarde que expresaron tener que terminar un 'experimento' y ñatos de risa por los gases tóxicos descubrieron que además la química les despertaba el apetito por tocarse; el despacho del director, el sitio más preciado por el reto que suponía robar la llave que el hombre llevaba siempre consigo, suspendida entre tantas otras de uno de esos aros gigantescos que parecían de carcelero de mazmorra medieval. No era amor en esa época, era sexo puro. Era felicidad en forma de orgasmos. Era locura embotellada en risas. Era atracción, era sensualidad, era exaltación en forma de gemidos.

Vino luego el verdadero cortejo. A la corriente eléctrica se le colgaron sentimientos. Se enamoraron. Se volvieron completamente el uno para el otro. Se entregaron en cuerpo y alma. No había mejor pareja para ella, no existía mejor compañera para él. Y el sexo… OH, DIOS MIO, estar juntos era lo mejor de estar casados.

Pero entonces los cuerpos empezaron a envejecer, a desgastarse, no hubo vitamina, ni dieta, ni ejercicio que detuvo el avance de la erosión, de la oxidación sin límites. Sus citas semanales continuaban, pero aquello iba deteriorándose. ¿Sería posible que el manjar más apreciado realmente desapareciera del todo para ellos? Se negaron a creerlo. Utilizaron las técnicas a su alcance, la pastilla azul los consoló por unos meses hasta que él enfermó. A veces pasaban semanas sin que se tocasen. El hambre de su esposo parecía haber desaparecido del todo.

Ella no se daba por vencida. Lo conocía bien. Con sus encantos de soberana de la sensualidad recuperaría a su chico de los rulos bronceados. La mujer tenía perfecto conocimiento de las predilecciones de su hombre. Se sentó una mañana, café en mano, frente a la mesa de la cocina y como quien escribe la lista para el súper apuntó en una libreta los ingredientes que necesitaría para cada una de sus argucias.

Empezó ese mismo día. Estaba decidida a levantar aquel árbol, a encender la antorcha, a despertar a la guasamandrapa anquilosada por la falta de ejercicio. Ella era todavía bella, así que como para darse ánimos se puso la braga más linda que tenía y se vistió con una falda corta y una blusa apretada. Luego apoyó una pierna sobre la silla junto a su tocador y tomando su celular se lo metió debajo de la falda para tomarse un *belfie*, una foto de sus torneadas y macizas nalgas sería lo primero que su marido recibiría en el trabajo. Quería empezar a afanarlo desde la mañana y no ceder en todo el día. Entre nerviosa y envalentonada por la adrenalina de su picardía apretó el botón de enviar, sin darse cuenta de que remitió la "potografía" al nombre en su móvil que estaba debajo del de su esposo, al jefe de su esposo, quien recibió el mensaje con delirante confusión que prontamente se convirtió en decidida excitación.

Al otro lado de la ciudad, la mujer terminó de vestirse y tomando la lista manejó hasta una tienda en donde vendían pelucas. Había observado que a su marido le gustaban mucho las mujeres pelirrojas, así que se propuso cambiar su apariencia por la de una *sexy* colorada. Encontró una de cabellos rojos brillantes con bucles que caían hasta la media espalda y se la colocó. Al verse en el espejo sonrió. Junto a su piel blanca, la cabellera resaltaba sus facciones. Tomó su labial, el más rojo que cargaba en la cartera, y se pintó hasta que se adivinó tan atractiva como una estrella de cine. Mientras iba de salida con su nueva melena se puso sus gafas para sol y dibujando un beso volado se tomó una foto con su celular y la envió a su marido. En un cubículo, a muchísimos kilómetros de distancia, el jefe de su esposo sudaba de la emoción. A él también le gustaban las pelirrojas.

Lo siguiente era un par de zapatos de tacón alto. Una amiga le había recomendado una *boutique* muy "finfanfu" así que allí se dirigió, ese día no habría precio que la detuviera. De sólo pensarlo ya se estaba excitando ella también, el fetiche por los tacones era uno que compartía con su amado.

Al entrar a la tienda, de inmediato se encontró con lo que soñaba. Eran unas sandalias de marca "blingblingbu" muy conocidas por su infaltable presencia en fiestas de celebridades. Sabía que a él le gustaba el color dorado. No lo dudó, junto con las bragas negras y las mechas coloradas, tacones en radiante oro parecían el complemento perfecto encima de su níveo cuerpo. Tomó el paquete y corrió a hacerse la *pedicure* en el salón de su amiga, Phon Chin Wa.

El sillón para los masajes la puso a tono con su astuta estrategia y, humedecida de la emoción y feliz con sus uñas de rojo carmesí, se colocó las sandalias y apretó el enviar, sin percatarse, por tercera vez, que era el jefe de su esposo quien iba acumulando las postales destinadas a izar el asta de su adorado. En un pasadizo perdido del mundo corporativo un calvito se sentía el hombre más feliz del universo.

Su siguiente parada fue en el supermercado. ¿Mantequilla de maní o crema batida? ¿Crema o mantequilla? ¿Maní o azúcar? ¿Blanco o marrón?, se preguntaba la mujer mientras cruzaba apurada el laberinto de pasillos en la megatienda. Por fin se decidió por la crema batida pues el color blanco definitivamente iría mejor con el resto de su atuendo para esa velada. De pasada compró también una canasta de fresas grandes, rojas pero muy rojas, y de un aroma intenso. Cuando llegó a su carro, se retocó los labios, sacó una fresa, abrió la boca, se colocó cerca al rostro el envase de la crema batida y sacó la lengua para tocar ambos elementos. En esa pose, tomó una atrevida "bocografía" muy sensual y la envió, sin pensarlo dos veces, a su marido. En una oficina a puerta cerrada, un jefe disfrutaba aquel maná del cielo que la vida le había deparado.

Al anochecer, el marido llegó a casa para encontrar a su mujer convertida en una exuberante pantera arrebolada esperándolo con todos sus juguetes y juegos favoritos en el aposento. El hombre no podía dejar de admirarla. Se le caía la baba nada más verla.

—Te heeee preparado allllgooooo —dijo la mujer acercándose a él.

—Así veo —contestó él en un murmullo. Se relamió.

Ella sonrió pensando que sus esfuerzos darían fruto y se acercó un poco más, siempre bamboleando las caderas y meciendo la melena.

—Toooodoooo el díaaaa pensandooo en tiiii —dijo ella—. ¿Me la captaste? —adujo a las fotografías y, sintiéndose vencedora, lo empujó suavemente al diván y se sentó encima para cabalgarlo. El hombre se sentía agradecido, pero aparte de eso no podía sentir nada más de la cintura para abajo. Su "Dark Vader" no estaba interesado para nada en la guerra de las galaxias. Ella jaló la crema batida y empezó a chisguetearse el cuerpo. Al ver que él no se entusiasmaba, se colocó un montículo grande en el valle de las chichichicas y lo invitó a disfrutar del tercer seno. Nada. Ni siquiera un resoplido. Una infladita. Un globito de carnaval. Definitivamente Willy no iba a ser liberado con ninguna de sus maromas.

✹✹✹

Una noche ya tarde, el hombre dormía junto a ella en aquel árido desierto en que se había convertido su lecho, el lugar que otrora fuera un paraíso de placeres había cerrado sus puertas y ella se sentía como una tonta que se quedó mirando el portón atrancado, teniendo todavía un talonario de boletos en su mano. De pronto sintió unas risas al otro lado de su ventana. ¡Cómo extrañaba reír! Todo, hasta el sexo, se había vuelto serio en su vida.

Se bajó de la cama y se acercó a la ventana de su aposento hasta que la luz de la noche la bañó. No quiso descorrer las cortinas por miedo a ser descubierta. Desde su escondite vio entrar a la habitación principal del departamento de enfrente al muchacho que vivía allí junto con una joven muy guapa. Dejaron las luces encendidas. Jugueteaban sensualmente. Era un baile que ella conocía bien. La muchacha llevaba uniforme de policía. Empezó a desvestirse, a acercarse a él, se lo comía con los ojos. Él se quitó la camisa dejando mostrar un cuerpo musculoso, terso, varonil. Se miraban cómplices. La mujer los envidió desde lejos. *El cuerpo se degenera, pero el espíritu nunca se pervierte*, pensó con un suspiro y miró hacia donde roncaba su esposo. *¿Me recordará como yo lo recuerdo a él?,* se preguntó, pero el espectáculo al cruzar el callejón la llamó de nuevo. Abrió la ventana con la intención de escuchar la conversación de aquellos jóvenes amantes, radiantes de energía, al otro lado de la U que hacía el edificio. El muchacho levantó la cabeza y la miró por unos segundos. Azorada, ella regresó de un salto a su cama.

Pasaron unos días y, otra vez en la madrugada, la parejita. La mujer corrió a la ventana y la abrió. En esa ocasión, la ventana del otro lado del callejón estaba completamente abierta. Descorrió las cortinas gruesas, pero dejó las de gasa transparente corridas y la luz apagada. Jaló una silla y se sentó a contemplar la escena. Era como estar en uno de esos teatros de sexo en vivo. Cuando el jadeo empezó y ella empezó a aullar, el muchacho levantó la cabeza y le sonrió. Ella se llevó la mano a la boca, estremecida por el gesto del muchacho, aunque no se mudó del lugar. Era como si él supiera, pero no le importase ser espiado. Es más, tal vez hasta lo disfrutaba. Al rato escuchó algo en su propia habitación, algo aparte de su corazón estremecido y el río húmedo que bajaba entre sus piernas. Era su esposo, estaba también gimiendo.

De puntillas se acercó a él y confirmó lo escuchado. Estaba por regresarse a su puesto en primera fila cuando vio que la anaconda de su marido se levantaba como encantada por los estertores de la mujer de enfrente. Corrió a la ventana y vio a los dos todavía en plena faena, esta vez ella chillaba ya sin inhibiciones. Corrió a ver a su esposo y también lo encontró jadeando, sonriente, completamente dormido.

El muchacho tuvo otras invitadas durante los días que siguieron, y siempre le dejaba la ventana abierta para que los vea desde lejos, pero su marido no reaccionaba. Ya empezaba a pensar que todo fue una casualidad, cuando al sábado se encontró con que la mujer policía estaba de regreso. Se preparó como quien va al cine, sentada frente a la ventana del vecino, lista a comerse con los ojos a la pareja y a corroborar sus sospechas. El viento soplaba en perfecta dirección y la fiesta comenzó. Desde su rincón voyeurístico disfrutó del exhibicionismo del vecino. Al rato su marido empezó a gemir y moverse mientras su "Dark Vader" se despertaba del sueño que lo tuvo postrado por meses. La mujer no podía creerlo. Existía algo en esta tierra que podía excitarlo. El problema era que ella no quería que él lo supiera. Si se lo decía, tal vez inhibiría lo que naturalmente ocurría cada vez que la mujer policía visitaba a su vecino.

Unos días después, alguien le pasó un sobre por debajo de la puerta. Era el muchacho de su edificio. La invitaba a pasar a verlo en su trabajo. Pero eso sí, advertía la esquela, tiene que ser después de las nueve de la noche. *Y yo que pensé que era un universitario estudiando ingeniería, como me comentó la vecina que vive a dos apartamentos del suyo,* se dijo la mujer.

¿Qué tipo de nombre es Trip?, se preguntó. Y ya estaba a punto de tirar la invitación a la basura cuando vio el nombre del lugar a donde había sido citada y unas gotitas de sudor bajaron por sus bragas de encaje.

A las nueve con treinta la mujer entró al local. Se escuchaban los chillidos de mujeres alharaquientas enardecidas por el licor y el numerito que presentaban en ese instante un grupo de estriptiseros. *Aquí es donde las gatas aprenden a ladrar,* se dijo la mujer y pidiéndose un manhattan se dispuso a presenciar, y tal vez aprender.

Trip la buscó al finalizar su acto. Se la llevó para un costado y la encaró sin más.

—¿Le gustó el acto? —preguntó sensual, la tenía arrinconada.

—¿Este? —susurró casi en un vahído la mujer cuando sintió la erección en el minúsculo *short*.

—¡El otro! —le pasó los dedos por el cabello.

—¿Este o el otro por fin? —murmuró nerviosa, sentía sus vellos erizados. *Si este es un 'nerd' me llevo dos… no, mejor tres… o tres docenas, así tengo uno para cada noche y varios de repuesto*, se dijo la mujer, ahogada por el placer que estar tan cerca del muchacho le producía.

—¿Me está buscando a mí? —le pasó la mano por el cuello—. Todo se puede hacer… por un precio… un patrocinio para un universitario —sonrió.

—Es para mi marido —contestó abochornada.

—¿Para su marido? —replicó confundido, aunque sin dejarla ir.

—Bueno, para mi marido… pero realmente para mí. No sé si me explico —dijo ella tratando de soltarse—. Lo único que le pido, que le imploro, es que dejé la ventana abierta cuando viene su amiga la policía.

—Para usted y para su marido…. ¿A él le gusta mirar? Ah, ya sé: ¿quieren una trica? O más bien una de cuatro… ¿una cuadra? ¿Una cuatrinca? ¿Un cuadrilátero?

—Solamente deje la ventana abierta —le cortó sofocada por la situación, por sus sentimientos, por la vergüenza de recurrir al joven para solucionar su entuerto marital.

—La estoy abriendo en este momento —replicó Trip y lentamente se empezó a bajar el cierre del pantaloncito.

La mujer miró hacia abajo por un segundo y avergonzada salió corriendo.

—Ahorita regresas para terminar de ver cómo convierto a mi lombriz en cobra—farfulló Trip muy seguro de sí mismo.

—Aquí tengo tu canasta para que guardes tu "cobra" —contestó una voz reilona desde atrás del telón—. Cuídate que ahorita saco mi flauta.

❊❊❊

La amiga de Trip era como un bálsamo para su esposo. Sus gemidos, y solamente sus gemidos, despertaban en su hombre la virilidad dormida. Por supuesto él no era consciente de ninguna de aquellas actividades nocturnas. Para su esposa todo se encontraba únicamente en una etapa experimental.

No fue hasta un mes después que, convencida de la efectividad de los orgasmos de los vecinos, una noche, al ver a su marido completamente erecto, se desvistió y, sin despertarlo, empezó a gozarlo. Al inicio se le hizo difícil pues el ritmo del hombre concatenaba con el de la joven al otro lado del callejón; así, el mástil subía o bajaba de acuerdo con las olas de placer de ella, a veces dejando a su esposa con el saca en el momento del mete y con el mete en el momento del saca.

Poco a poco las sesiones se hicieron más intensas y gratificantes. Aun y cuando para mantener la potencia del encanto, de aquel cantar orgásmico, la mujer decidió que su esposo debía mantenerse dormido, para lo cual recurrió a diversas maneras de mantenerlo dopado noche tras noche.

Durante el día la mujer siempre se daba un tiempo para pensar en una nueva manera de sorprenderlo con una sensual fotografía. Así fue que los días de un desdichado jefe se llenaron de potografías, bocografías, chichigrafías, piernografías, manografías y hasta clitografías.

✳✳✳

Entradas unas semanas de estas gloriosas aventuras nocturnas la mujer empezó a notar que su marido se levantaba feliz, como un niño a quien lo acaban de talquear. Quería contarle, pero estimó que necesitaba realizar una última prueba.

Pensó y pensó cómo realizaría el encuentro entre su amor y la mujer que lo enloquecía cada tres noches, como una sirena distante. Práctica como era, no se le ocurrió mejor idea que invitar a la pareja a cenar en su apartamento. Cuando tocó la puerta del departamento del muchacho para hacer la invitación en persona, se encontró con un joven en Speedo a quien la cabeza de la serpiente se le salía por un costado. Con los ojos puestos en aquel portento dijo lo que tenía que decir y dándose media vuelta corrió hasta el final del pasillo para apoyarse contra la pared cuando él ya no la viera. Pero Trip no necesitaba verla para "saber" cuáles eran las intenciones de aquella mujer y su forzada cena para cuatro y se preguntó si debería ir vestido con uno de sus pantalones de fácil acceso.

Llegado el día, la mujer se decidió por una paella a la valenciana y se dispuso a ordenar, colocando flores y enderezando los cojines de la salita para visitas que solamente usaban cuando venía una tía lejana a visitarlos y contarles, sin obviar ningún pormenor, los fallecimientos de diversos miembros de la familia. *La sala de los muertos la convertiremos en la sala de los vivos*, sonrió.

En pocas horas la mujer paseaba nerviosa cerca a la entrada de su apartamento cuando por fin sonó el timbre. Se apresuró a llamar a su marido y a abrir la puerta. Cuando lo hizo se encontró con Trip, el musculoso *nerd* estriptisero, y Makenzi, la bella mujer policía a quien había contemplado tantas noches desde lejos. A la luz pudo distinguir por primera vez la melena roja y enrulada de la muchacha sobre aquel rostro desenfadado y amigable; y al voltear a presentar a su esposo, supo por su boca abierta que él ya lo había notado.

Fue temprano durante la velada que su marido la vino a buscar a la cocina. Había estado un buen rato departiendo con Makenzi y de pronto se dio cuenta de algo que lo sobresaltó. Pero cuando se llevó a su mujer hasta la despensa, para a escondidas mostrarle el bulto que emergía en su pantalón, ella lo calmó con un simple: «Pues por fin allí está: mi Vader». Y cuando él la miró desconcertado ella simplemente le indicó: «Es su voz. Su voz, y supongo que su pelo rojo».

Liado con la respuesta de su mujer, pero intrigado por lo que aquella muchacha risueña le hacía sentir cada vez que hablaba, el hombre decidió disfrutar la cena y la compañía. Y fue así que cuando ella lo tocó por debajo de la mesa y le susurró: «Tranquilo, estamos en este mundo para disfrutar de nuestros sentidos», él simplemente sonrió y dejó que aquella voz de colorada liberada lo deshaga y rehaga en un santiamén, disfrutando de la resurrección de aquel Lázaro a quien creía muerto para siempre.

La comida se la pasaron bastante silenciosos y es que cada uno tenía algo en mente para más tardecito y las tocadas por debajo de la mesa iban y venían sin que a ninguno le importara la procedencia, tanto así que cuando Trip tocó con el dedo gordo de su pie al hombre frente a él, pensando que tocaba a su amiga, este le sonrió a su esposa, quien le respondió con un beso volado pues ya la mano de Trip reposaba sobre su muslo derecho.

Fue la muchacha de ojos saltarines y risa fácil la que de pronto interrumpió con su característica simplicidad:

—Ni crean que no sé lo que han estado haciendo por "debajo" y quiero que sepan que uno de estos días alguien tocará a su puerta, y seré yo, para cobrarme el favor —aseveró mientras engullía un trozo grande de chorizo.

Ella se refería al hecho de que se había percatado de que la paella provenía de un restaurante conocido a donde el chorizo utilizado llegaba de contrabando y, como policía que era, estos descubrimientos siempre le causaban tener que sopesar qué hacer con la información.

Obviamente nadie entendió lo que la colorada implicaba acerca del chorizo. Lo que realmente implicaba, es decir. Así que todos se miraron cómplices, y en la humedad del ambiente que se creaba en el comedor las imaginaciones de cuatro empezaron a correr.

Amor de segunda vista

Dicen que las segundas oportunidades en el amor son contadas, que es tan difícil como ganarte la lotería, que las probabilidades de que te suceda son tan bajas como la improbabilidad de ser aniquilada por un rayo. Y, sin embargo, se dan los casos. Contados, pero se dan.

Lo encontré en una de esas páginas de Internet en donde tienes más posibilidades de encontrarte con enfermitos mentales que con el amor de tu vida. Me cautivó apenas lo vi de reojo mientras pasaba páginas tras páginas de fotos de individuos que no me llamaban la atención para nada. Pausé. Regresé a buscarlo. Me sentía como quien busca a alguien en una multitud. Le di para adelante y para atrás, avance, me detuve, escudriñé, inquirí al silencio, oré a todos los dioses, pero su rostro no se mostraba en mi pantalla. *Maldito Internet*, pensé, *me das mendrugos únicamente para quitármelos*. «¡Te odio!», grité a las cuatro paredes. «¡Te odio...!», sollocé. «¿Dónde está la magia?, ¿la química?, ¿es que no me merezco una pizca de aquel puto amor del que todos hablan como si se pudiera encontrar así de fácil? ¿Acaso estoy muerta en vida?», dije con la frustración de quien tiene una enfermedad mortífera.

Fue una amiga la que me convenció. Leyó en un artículo que muchos salen casados de estas aventuras cibernéticas. *Violadas, será*, pensé yo, pero no tuve las agallas para contradecirla. Me sentía completamente drenada por mi divorcio, por la pena de dejar ir... qué mentira aquella de "dejar ir". Eso es lo que nos decimos para convencernos de que "es lo mejor" (otra mentira), que "ya verás que todo sale bien" (¿en qué planeta todo puede salir bien después de que te pisotean el corazón? ¿Cómo puedes creer en el amor cuando un asesino de felicidad lo ha matado?). ¿Cómo entonces, contraria a mis mejores instintos, a todo lo que había aprendido de *L'amor puaj, puaj* en los últimos meses, me prestaba a encontrarme imbuida en esta equivocación, este erróneo camino que llevaría a que completos desconocidos me despojen de la efímera luz de la velita de la esperanza que no podía dejar morir del todo? Mi amiga Mariela, la eterna romántica. Fue ella quien una tarde de domingo, después de verme llorar desconsolada por lo que la vida me arrebató dejándome en la penumbra de un callejón sin salida, en la vergüenza de la pérdida, en la situación menoscabada de quien al verse sin pareja vive también la infamia de ver mermar su lista de amigas, quien decidió que Ernesto no se llevaría mi esencia, que no lo dejaría estropearme del todo, que el mal no podía triunfar sobre la bondad. «Qué ingenuidad, qué bobada, el amor no existe. El amor está muerto, enterrado. Sólo los locos lo desentierran para burlarse de nosotros, para mofarse en nuestra cara y probar la existencia de aquello que no existe», le reclamé. Pero Mariela ya estaba tecleando en el ordenador, creando un perfil. Qué inocencia la de mi amiga, creer que el amor existe cuando me acaba de ver pasar por lo opuesto, por el antónimo, por la antítesis de lo que únicamente los dementes dicen que es la vida y la felicidad, con sus pajaritos que silban y sus canciones que penetran el alma, qué insolencia contra los que sabemos "la verdad", qué candidez pensar que alguien te puede querer hasta la muerte.

Mientras yo me servía otra copa, dejando que el licor me reblandeciera, que me acurrucara en su nube de inconsciencia, que me cubriera con su velo de somnolencia, Mariela buscaba una buena foto de mí en mis archivos. «Una mentira», hipé cayendo sobre el sofá. «Todos mienten», susurré con la cara aplastada contra un almohadón, la copa resbalándose entre mis dedos melosos por el almíbar consumido horas antes mientras preparábamos el postre más dulce que pude encontrar en mi recetario. Azúcar cura todos los duelos digo yo, aunque debo agregar que, como todo, su efecto te abandona y caes irremediablemente en una cárcel llamada depresión.

Cuando desperté, segundos, horas más tarde (cuando estás en la caverna de tu propia oscuridad, el tiempo no cuenta porque todo aparece mustio, triste, acabado, sin tiempo), mi amiga daba por terminada su hazaña y me demostraba cómo utilizar el bendito sitio web para emparejados, ¿o será emparejarse?, a través de una aplicación en el móvil. También se dio el trabajo de repasar nuestros pasos electrónicos y así encontrar al hombre que capturó mi mirada temprano. «Ya no quiero», contesté con el engreimiento de una niña que acaba de devorarse todas las galletas y ahora está empachada. Mariela sintió la pegada de mi actitud. Lo pude ver en el cambio de dirección de todos los músculos en su rostro. De estar pegados hacia arriba se vinieron abajo en un santiamén. Ella que nada más buscaba complacerme y yo que me comportaba como una infeliz. Una desagradecida, eso es lo que era. Haciendo un berrinche del aire embotellado que ella me presentaba.

Tomó su teléfono y sin decir ni una palabra se encerró en su cuarto. En mi móvil empezaban a aparecer las consabidas notas de los pendej... perdón, potenciales pretendientes. La verdad no tuve la energía para leer o contestar... o, peor, para mostrarme de alguna manera interesada.

A la hora de la comida tuve que conceder que en realidad había metido no una sino todas las patas y que, en resumen, embarré nuestra amistad con mi desprecio al esfuerzo de Mariela. La herí porque yo estaba herida. No se lo merecía. Tan linda que siempre es conmigo, más ahora con lo del desgraciado de Ernesto.

Y mientras más pensaba, más pensaba en Mariela y menos, mucho menos, en Ernesto o cualquier otro futuro pretendiente.

Y fue entonces que vi a Mariela. De veras la vi, como hermana, como alma gemela, como mujer. Y la vi linda, maravillosa, diría que casi luminosa. Y me enamoré de ella.